POUR PARAITRE IMMÉDIATEMENT

Le Roman déjà annoncé

RICHE A TOUT PRIX

PAR

Jules BOULABERT

CHEZ TOUS LES LIBRAIRES

CHEZ TOUS — **25** Centimes le Numéro. — LES LIBRAIRES

LA QUINZAINE
SCIENTIFIQUE
LITTÉRAIRE ET ÉCONOMIQUE

Directeur : Prof^r PHILIPPS ✪✚

SECRÉTAIRES DE LA RÉDACTION :

Scientifique : M. F. Lagarrigue, ✪ | Littéraire : M. Jean Larocque.
Économique : M. Giacometti, C. ✚ | Chronique théâtr^{le} : M. Ph. de Gorze, ✪

REVUE BI-MENSUELLE
Les 1er et 15 de chaque Mois

24 pages de texte. — Chaque Partie, 8 pages par Fascicule, pouvant être relié séparément.

PRIX DE L'ABONNEMENT :

Paris : Six Mois **3** francs **50**. — Province et l'Union postale : Six Mois **4** francs.
— Un An **6** francs. — — Un An **7** francs.

Les Abonnements partent du 1er de chaque Mois

Ils sont reçus, sans frais, chez tous les Libraires et dans les Bureaux de poste
français et de l'Union postale

Contre **25 Centimes**, envoi *franco* d'un numéro pour essai.
Toute demande supérieure à 20 fr. sera expédiée **franco** *par poste ou en gare la plus proche,* même aux non abonnés.

PRIME PERMANANTE
Les Abonnés ont le droit de recevoir **franco** tout ouvrage publié à Paris, du prix minimum de 3 francs.
Pour chaque volume de moins de 3 francs, joindre 25 centimes.

*Les demandes de Librairie et d'Abonnements, accompagnées de chèque ou de mandat postal,
peuvent être adressées à la Librairie Degorce-Cadot qui*
en garantit les suites

ADMINISTRATION ET RÉDACTION : 9, RUE DE VERNEUIL — PARIS
(LIBRAIRIE DEGORCE-CADOT)

RICHE A TOUT PRIX

PAR

JULES BOULABERT

A. DEGORCE-CADOT, ÉDITEUR, 9, RUE DE VERNEUIL, PARIS

LECTURE ILL. 116. *Anges et Démons.* VIII.

Les ouvrages ci-dessous, *magnifiquement illustrés*, seront expédiés franco contre l'envoi préalable de leur prix, en mandat-poste, à l'éditeur **DEGORCE-CADOT, 9, rue de Verneuil, Paris.**

AIMARD (GUSTAVE).

	fr.	c.
Le Fils du Soleil	1	20
Une Poignée de Coquins.	1	80
Le Loup-Garou.	1	80
Pris au Piège.	1	80
Les Fouetteurs de femmes	1	80
La Revanche	1	80
La Guérilla fantôme.	1	20
Les Révoltés.	1	50
Le Rapt	1	50

AIMARD ET J.-B. D'AURIAC

	fr.	c.
Un Duel au Désert.	»	75
Une Passion indienne.	»	75
L'Ami des Blancs.	»	75
Le Poteau de la mort.	»	75
L'Héroïne du désert.	»	75
L'Œuvre infernale.	»	75
Mariami l'Indienne.	»	75
La Chasse à l'homme	»	75

ANCELOT (MADAME V.).

	fr.	c.
Laure.	1	20

L'AMBASSADEUR X...

	fr.	c.
Les Amours de Catherine II	1	50

ANONYME.

	fr.	c.
Mémoires secrets du duc de Roquelaure	4	80

UN AMI DE L'ABBÉ X...

	fr.	c.
Les Amours d'une Cosaque	1	50

BAUCHERY (ROLAND).

	fr.	c.
Les Bohémiens de Paris	1	80

BERNARDIN DE SAINT-PIERRE.

	fr.	c.
Paul et Virginie.	»	60
La Chaumière indienne.	»	60

BERTHET (ÉLIE).

	fr.	c.
Mademoiselle de la Fougeraie	»	60
Paul Duvert.	»	60
L'Incendiaire	»	60
Le Val d'Andorre.	»	60
M. de Blangy et les Rupert.	»	60
Les Chauffeurs	1	80
Le Château de Montbrun.	1	20
La Directrice des postes.	1	20
La Folle des Pyrénées	1	20
L'Assassin du percepteur.	1	20
Le Braconnier.	1	20
La Félonie.	1	20
La Mésalliance	1	20
La Faillite	1	20
La Falaise Sainte-Honorine.	1	20
Le Gentilhomme Verrier	1	50
L'Homme des Bois.	1	50
Une Mystérieuse aventure	1	20
Un Cadet de Normandie.	1	20

BILLAUDEL (ERNEST).

	fr.	c.
Les Vengeurs de Lorraine.	1	20
Miral.	1	20
La Femme fatale.	»	60

BLANQUET (ALBERT).

	fr.	c.
Le Parc aux Cerfs.	1	20
Un Sérail royal	1	80
Le Triomphe de Mlle Diane.	1	20
Les Deux Borgia.	3	»
Alexandre Borgia, 1re partie	1	50
César Borgia, 2e partie.	1	50
Les Chevaliers de l'As de Pique	1	50

BOULABERT ET PHILIPPE ROLLA.

	fr.	c.
La Franc-Maçonnerie des Voleurs.	1	80

BOISGOBEY (F. DU).

	fr.	c.
L'Empoisonneur.	1	80
La Tête de mort.	1	80
La Toile d'araignée.	1	80
La Bande rouge.	1	80
Un Drame sur la Seine	1	20
La Muette qui parle.	1	20

BOULABERT (JULES).

	fr.	c.
La Femme bandit.	3	60
Le Fils du supplicié.	1	80
La Fille du pilote.	3	»
Luxure et Chasteté.	1	20
Les Catacombes sous la Terreur.	1	80

CAPENDU (ERNEST).

	fr.	c.
Crochetout le Corsaire.	1	50
La Corvette la Brûle-Gueule.	1	50
Capitaine Lachesnaye.	1	80
Les Grottes d'Etretat.	1	80
Surcouf.	»	60
La Mère l'Étape.	1	80
Le Pré-Catelan.	1	20
La Tour aux Rats	1	20
Le Sire de Lustapin.	1	20
Marcof-le-Malouin.	1	50
Le Marquis de Loc-Ronan.	1	50

CHARDALL.

	fr.	c.
Le Bâtard du roi	1	20
Les Jarretières de Mme de Pompadour.	1	20
Trois Amours d'Anne d'Autriche.	1	20
Capitaine Dix.	1	20

CHATEAUBRIAND.

	fr.	c.
Les Natchez	2	40
Atala.	»	60
René. Le dernier des Abencérages.	»	60
Les Martyrs.	1	80
Itinéraire de Paris à Jérusalem.	1	80

DESLYS (CHARLES).

	fr.	c.
Le Canal Saint-Martin.	1	80
Les Compagnons de minuit.	1	20
Le Mesnil-au-Bois.	»	60
La Jarretière rose	»	60
Le Coffret d'ébène.	»	80

DOMINIQUE (L.).

	fr.	c.
Les Évadés de Cayenne.	1	20
La Pupille du Forçat	1	20

DULAURE.

	fr.	c.
Les Deux Invasions (1814-1815), avec préface de Jules Claretie.	4	80
Les Jumeaux de la Réole.	1	20
L'Assassinat de Rodez (Affaire Fualdès)	»	60

DUPLESSIS (PAUL).

	fr.	c.
Les Boucaniers	3	»
Les Crimes du Bon vieux temps	2	40
Maurevert l'Aventurier	1	20
Les deux Rivales.	1	20
Les Étapes d'un volontaire.	3	»
Le Batteur d'estrade.	3	»
Les Mormons	2	40

DURANTIN (ARMAND).

	fr.	c.
Jésuite de Robe courte.	1	50
L'Excommunié.	1	60
Le Dompteur de la mort.	1	50
Les Trois suicides.	1	50
Le Carnet d'un Libertin.	2	»

FABRE D'OLIVET.

	fr.	c.
Le Chien de Jean de Nivelle.	1	20

FÉRÉ (OCTAVE).

	fr.	c.
La Bergère d'Ivry.	1	80

FOUDRAS (MARQUIS DE).

	fr.	c.
Madeleine pécheresse.	1	80
Madeleine repentante.	1	20
Madeleine relevée.	1	20

GONDRECOURT (A. DE).

	fr.	c.
Les Péchés Mignons	2	40
Les Jaloux	1	80
Le dernier des Kerven	1	80
Le Chevalier de Pampelonne	1	80
Régicide par Amour	»	60
Les Cachots de la Bastille	1	80
Une Vengeance de Femme	1	20
Madame de Trèbes.	1	20
Pierre Leborgne.	»	60

GROS (CAMILLE).

	fr.	c.
Les Camisards.	1	20

KOCK (PAUL DE).

	fr.	c.
L'Amant de la Lune (en théâtre).	»	60
Le Petit bonhomme du Coin.	»	75
Flon, Flon, Flon, Lariradondaine.	»	75
Monsieur de Volenville.	»	75
Berlingot et Cie.	»	75

KOCK (HENRY DE).

	fr.	c.
Le Démon de l'Alcôve.	»	60
Les Baisers maudits	»	60
Ni Fille, ni Femme, ni Veuve	»	60
L'Heure du Berger.	»	60
Les Treize nuits de Jane.	1	50

LABOURIEUX.

	fr.	c.
L'Ouvrier Gentilhomme	1	20

LANDELLE (GUSTAVE DE LA).

	fr.	c.
Les Iles de glace.	1	80

MAIMBOURG (LE P.).

	fr.	c.
Les Croisades	4	80

MÉRY.

	fr.	c.
Un Carnaval à Paris	1	20

MUÉNIER (ALEXIS).

	fr.	c.
Le Comte de Soissons	1	20

MONTÉPIN (XAVIER DE).

	fr.	c.
Les Viveurs de Province	2	40
Le Compère Leroux	1	20
Les Amours d'un fou.	1	20
Les Chevaliers du lansquenet.	4	20
La Sirène.	»	60
Un Gentilhomme de grand chemin	1	80
Confession d'un bohème	1	80
Le Vicomte Raphaël	1	20
La Fatalité	»	60
Les Oiseaux de nuit.	1	80
Pivoine.	1	50
Mignonne.	1	50
Mario de Lagarde	1	»
Henriette de Vauvert	1	»
L'Amour d'une pécheresse	1	50

NOIR (LOUIS).

	fr.	c.
Le Coupeur de têtes.	2	40
Le Lion du Soudan.	2	40
Jean Chacal.	1	20
Le Roi des Jungles	1	80
La Tombe ouverte	1	20
Grands jours de l'armée d'Afrique	1	80
Jean Casse-Tête	3	»
Le Trésor d'Ousda.	3	»
Le Corsaire noir	2	40
Les Mystères de la Savane.	1	50
Le Pacte de sang	1	»

PERCEVAL (VICTOR).

	fr.	c.
Blanche.	»	60
La plus Laide des Sept	1	20
Régina	1	20
Beatrix.	»	60
Un Excentrique.	»	60

PERRIN (MAXIMILIEN).

	fr.	c.
Les Mémoires d'une Lorette.	1	20
Le Bambocheur	1	20

PIGAULT-LEBRUN

	fr.	c.
Faux bonshommes.	»	75
Sans-Souci.	»	75
L'Homme à Projets	»	75
L'Art de faire un mari	»	75
Un de Plus	»	75
Tant va la cruche à l'eau	»	75
La Folie espagnole	»	75
De plus fort en plus fort.	»	75
Angélique et Jeanneton	»	75
L'Heureux Jérôme.	»	75
La belle Madame Ruder.	»	75
Mon oncle Thomas	1	»
La Petite-sœur Éléonore.	1	»
Adolphe Luceval	1	»
Consolation aux laides.	1	»

PRÉVOST (L'ABBÉ)

	fr.	c.
Manon Lescaut.	»	60

ROLLA (UN OFFICIER D'ÉTAT-MAJOR).

	fr.	c.
Crimes et Folies en l'année terrible	2	40

ROUQUETTE ET FOURGEAUD.

	fr.	c.
Les Drames de l'amour	1	20

SŒUR X..

	fr.	c.
Mémoires d'une religieuse :		
1re partie, le Couvent.	1	20
2e partie, la Défroquée.	1	60
Confession d'un abbé	1	50

TIMOTHÉE TRIMM.

	fr.	c.
Mémoires de Lisette.	1	80

VADALLE (DE).

	fr.	c.
L'Homicide d'Auteuil	1	80

VOLTAIRE.

	fr.	c.
Candide.	»	60

ZACCONE.

	fr.	c.
Le Gamin de Paris	1	20
Les Volontaires de 93.	1	20

RICHE A TOUT PRIX

PROLOGUE

L'ARRIVÉE AU CHATEAU

I

Au mois d'octobre de l'année 1820, à la tombée de la nuit, une chaise de poste venant de Blois traversa Vendôme au grand trot, s'arrêta devant la poste aux chevaux, où elle relaya, puis repartit comme elle était venue, c'est-à-dire à une allure rapide. Elle eut bientôt disparu.

Les portières de la voiture étaient hermétiquement fermées, le maître de poste et son personnel n'avaient pas vu les voyageurs. On avait allumé les lanternes sans qu'ils donnassent signe de vie. Le valet de chambre, hissé sur la banquette de derrière, avait payé sans prononcer une parole.

On eût pu croire que la voiture était vide. Elle ne l'était pas, cependant.

Elle était occupée par un homme et une femme, le père et la fille, M. et Mlle Berton.

Nos deux voyageurs ne se parlaient pas. Le père paraissait préoccupé et la jeune fille soucieuse ou malade, s'il fallait en juger à son extrême pâleur.

Ils firent cinq lieues en silence.

Le père, tout à coup, sortit le bras de son manteau, de sa main gantée essuya la buée de la glace et regarda la route.

— Sommes-nous encore bien loin du château de Blagy? demanda Aglaé à son père.

— Je ne sais pas où nous sommes, répondit M. Berton, il y a si longtemps que je suis venu voir ce cher du Lac... mais, si j'ai bonne mémoire, je crois qu'il faut deux heures à une chaise de poste pour franchir la distance qui sépare Vendôme de Blagy.

M. Berton consulta sa montre.

En ce moment on passait dans un petit village.

— Nous voilà arrivés. Je me reconnais, nous sommes à Montoir, le château du comte touche à ce hameau.

En effet, cinq minutes plus tard, après avoir traversé la place et la rivière, la chaise de poste gravit au trot une côte à pic, puis elle s'arrêta devant une grande grille à flèches dorées, dont la porte principale était surmontée d'un écusson héraldique qui, doré comme les flèches, supportait une couronne de comte.

Cette porte s'ouvrit devant la voiture; deux ou trois domestiques, qui tenaient des lanternes, s'empressèrent autour des portières.

Pendant que M. Berton et sa fille descendaient de voiture, le comte du Lac accourait avec empressement pour recevoir les visiteurs.

Les deux hommes s'embrassèrent, puis le comte baisa la main d'Aglaé.

M. du Lac conduisit alors avec empressement Mlle Berton et son père dans le grand salon d'honneur.

II

Le château de Blagy était une demeure princière. Il avait été construit au temps où nos plus grands artistes édifiaient Versailles, pour un roi, et Veaux-Praslin, pour un ministre. Le parc était immense, giboyeux, bien disposé; le bûcheron ne faisait jamais retentir du bruit de sa cognée l'écho de ces grands bois séculaires.

Des eaux vives et abondantes jaillissaient en sources nombreuses, s'épandaient en nappes gigantesques, serpentaient en ruisseaux brillants et s'éparpillaient en cascades étincelantes gardées par des armées silencieuses de faunes, de sylvains, de nymphes et de dryades en marbre, en bronze ou en terre cuite.

Le château, élevé sur une terrasse et surplombé d'un dôme immense, s'élevait majestueusement au-dessus de futaies magnifiques, dignes de figurer parmi les jardins enchanteurs de la belle Armide.

Le comte, propriétaire de ce château, avait plus de cinquante ans, quoiqu'on ne lui en donnât que quarante. Il n'était point beau, mais sa physionomie était belle, mais son esprit se citait. Il excellait à raconter; il empoignait son auditoire, il le captivait. Ajoutez à ces qualités celle d'une galanterie de cour, et vous devinerez *qui* il charmait.

La puisssnce de ses séductions l'arrachait à l'isolement d'un veuvage anticipé. Sa femme vivante, était morte pour lui...

M. Berton, qui était du même âge que le comte, paraissait de vingt ans plus vieux. Il était, lui, dépourvu de ces belles manières, de ce langage exquis, qui faisaient le comte toujours jeune... auprès des femmes. C'était le gros homme grave, que les soucis pécuniaires ont en quelque sorte immobilisé dans le monde du travail. Et là, je le demande, où l'esprit prendrait-il des ailes pour voler? Le travail résume, il est vrai, l'homme de ce siècle, mais il ne faut pas qu'il excède la somme de force dont dispose l'esprit, sinon celui-ci s'alourdit et s'hébète.

M. Berton, qui n'avait rien trouvé de fait, mais tout à faire, songeait, dans ses insomnies, au moyen d'élever ses quatre enfants, pendant qu'entre le sommeil et la veille le comte rêvait au nouveau plaisir qu'il se donnerait le lendemain. On a l'esprit libre, quand la vie est assurée.

La famille de M. Berton, veuf depuis plusieurs années, se composait de deux garçons et de deux filles : Jean, Aglaé, Mélanie et Paul.

Jean, l'aîné, avait trente ans. Il était officier de cavalerie. Paul était un enfant, il n'avait que dix ans. Mélanie était une jeune fille de seize ans. Restait la cadette, Aglaé, que nous avons déjà nommée et qui, depuis la mort de sa mère, dirigeait la maison. Cette jeune personne, qui jouissait de l'immunité que lui donnait l'autorité maternelle, abusait quelquefois de ses droits absolus. Affranchie de toute surveillance, elle n'était pas toujours ce qu'elle aurait dû être pour sa sœur et son frère. En refusant à ces derniers, sous prétexte d'économie, quelques plaisirs dont la dépense eût fait sourire le père, elle accusait une tendance marquée à l'avarice.

Cette tendance semblait s'accentuer sur le joli visage de cette fille de vingt et un ans. L'ensemble de sa physionomie avait plus de dureté que de grâce. Mais le nez hébraïque, qui ne s'abattait pas encore sur les lèvres minces, avait un cachet de fierté qui appelait la dignité ; dans ses yeux tigrés, quand ils s'animaient, éclatait le feu de la convoitise. Le visage promettait de devenir, avec l'âge, repoussant de sécheresse et de laideur morale ; mais la fraîcheur de la jeunesse dissimulait ce vice en germe. En attendant, Aglaé avait un beau port qui, s'il n'éveillait pas la sympathie, imposait le respect.

M. du Lac avait distingué Aglaé, qui fut flattée de ce choix.

Dans la ménagère, dans la jeune fille élevée avec soin, il y avait le mépris de sa condition. Autre dissolvant, son père, sans s'en douter, en parlant devant elle des soucis de l'existence, exagérait cette crainte qu'elle avait déjà de le perdre. Il y a parfois de ces expansions qu'il est bon de garder au fond du cœur.

Aussi, après ces entretiens, l'instinct calculateur d'Aglaé se permettait d'envisager le but que sa coquetterie pouvait atteindre.

La fortune du comte apaisait ses craintes ; de plus, l'amour qu'on lui offrait enflait son orgueil: double satisfaction. Cependant elle resta hésitante quand elle se trouva aux prises avec les principes honnêtes que sa mère lui avait légués. L'affection triple qui l'entourait, la confiance dont on l'investissait la retenaient. Elle détourna les yeux de ce tableau tentateur, mais pour y revenir avec plus d'instance, quand le front plissé de son père trahissait l'inquiétude et les soucis.

M. Berton vendit le journal qu'il dirigeait et dont le tirage faiblissait chaque jour. Aglaé, qui sut la cause de cette vente, soupira comme une personne qui doit se résoudre à l'emploi de moyens extrêmes; elle avait horreur de la gène, et la misère l'épouvantait. Sous l'empire de cet effroi, elle ne rechercha point le comte qui lui faisait une cour assidue, mais elle l'accueillit avec moins de réserve. Cette concession, bien que légère, encouragea du Lac qui, pour vaincre la résistance chancelante d'Aglaé, lui fit des promesses éblouissantes...

La malheureuse devint la maîtresse du comte.

Elle resta froide dans sa chute, étouffant sa conscience et réprimant sa nature honnête en révolte contre elle ; elle n'aimait que médiocrement, tandis que le comte aimait ardemment. Vie horrible !

Bientôt les conséquences de cette liaison illicite remplirent Aglaé de terreur. Sous l'influence de ce sentiment, elle refusa de voir le comte qui, de ses rigueurs, faillit tomber malade...

« — Je ne vous reverrai, lui écrivit Aglaé, qu'à la condition que vous m'épouserez. »

« — Je le voudrais cent fois, répondit le comte, mais je ne suis pas libre. »

Aglaé prit son parti de cette révélation ; mais elle eut recours au comte pour cacher son déshonneur.

M. du Lac, qui avait fait donner à M. Berton la recette générale du département de Loir-et-Cher, ferait son possible pour que le remplacé ne quittât son poste qu'à l'époque qu'on assignait à l'événement.

De plus, dans la lettre, qui appellerait M. Berton à Blois, il y aurait une invitation motivée pour Aglaé. L'amour seul eût pu excuser la conduite du comte dont la lâcheté aurait fait rougir ses aïeux. Ces mesures prises, Aglaé non point tranquille, mais plus calme, dissimula du mieux qu'elle put l'ampleur de sa taille, jusqu'au moment où nous la retrouvons, avec son père, au château de Blagy.

III

La place de receveur général avait fait réfléchir Aglaé, qui s'était dit : « Dans cette haute situation, en province, on vit largement, grandement. » Alors, un regret, un rappel à l'oubli de sa dignité, se fit-il jour dans cette âme vivant non d'idéal, mais de chiffres ?... Peut-être songeait-elle à sa faute en montant le perron du château, au bras de du Lac, qui lui reprochait doucement sa froideur. Le comte aurait-il, jusqu'à l'extrême, usé de son influence, si elle l'avait repoussé ? Non. Elle sentait que le désintéressement humain, surtout chez du Lac, n'atteignait pas cette hauteur où l'on fait le bien pour le plaisir de le faire. La spéculation livrait ce secret à Mlle Berton. Et puis, la mort de son père pouvait arriver. Il n'y a que le fou ou le sot qui ne sait pas compter avec l'imprévu. Cependant, la justification insensée de ce semblant de remords laissa, au grand désespoir de l'amoureux comte, Aglaé dans sa torpeur de glace.

Du Lac, qui contemplait la pâle victime de la *prévision*, se demandait si cet état ne trahissait point une souffrance cachée. Et jusqu'à ce qu'il pût s'approcher de sa maîtresse, pour lui communiquer ses inquiétudes, le comte fut à la torture. Il ne fit que des réponses distraites aux questions du bon vieux Berton qui, ignorant la cause de cette distraction, la trouvait au moins singulière. Lorsque du Lac eut compris par un signe de dénégation qu'Aglaé ne souffrait pas, sa figure refléta le contentement que cette réponse lui faisait éprouver. Sous l'impression de sa joie, le comte oublia de songer à l'infamie de sa conduite, en disant que, Blois étant voisin de Blagy, « les deux amis de collège se verraient souvent. »

— Mademoiselle, dit le comte en échangeant un regard d'intelligence avec Aglaé, si vous le permettez, dans un instant je vous présenterai ma nièce, une veuve fort aimable qui saura vous rendre ce séjour supportable.

— Oh ! supportable, répliqua M. Berton, tu veux dire plus agréable.

— Soit, reprit le comte. Mais j'attends une réponse de mademoiselle...

— Mais, monsieur, j'agrée votre demande, dit Aglaé en baissant les yeux.

Le comte sortit et revint en tenant par la main une jeune femme, en effet, mais dont la figure et la démarche ne trahissaient point une noble parenté. Tout, dans sa tenue, dans ses manières, marquait une origine commune, manque d'éducation, mais non d'intelligence, au contraire !...

Aglaé se leva confuse, en entendant du Lac qui appelait cette doucereuse commère : « Madame de Romainville. »

M. Berton saluait avec sa gravité ordinaire.

— Mlle et M. Berton, dont nous avons tant parlé, reprit du Lac ; j'espère, *ma chère nièce*, que vous ne négligerez rien pour distraire notre jeune visiteuse.

A cette phrase convenue, celle à qui ces paroles s'adressaient répondit avec l'aplomb d'une comédienne dans son rôle :

— Vous pouvez être tranquille, mon oncle. Je ne négligerai rien. Justement, j'ai un projet, et, si mademoiselle le permet, je vais le lui exposer. A deux lieues d'ici, il y a, dans un château habité par un de nos vieux amis, une réunion charmante de demoiselles. Et le piquant de cette fête c'est que, par un accord commun, ces jeunes personnes se sont avisées d'exclure de leur plaisir, tous ceux de votre sexe, messieurs !

— Ce n'est pas mal trouvé, dit le comte.

— C'est original, ajouta M. Berton.

— De sorte, reprit celle qu'on appelait Mme de Romainville, que si *des hommes jeunes ou vieux* se présentent ils seront impitoyablement renvoyés.

— Oh ! oh ! dit M. Berton.

Aglaé s'essuya le front.

— Vous plairait-il, mademoiselle, d'assister à cette fête ? Je dispose de deux invitations.

— Certainement, répondit Aglaé, si mon père le permet.

Mme de Romainville, d'un regard, sollicita l'autorisation demandée.

— Je n'y vois pas d'inconvénients, répondit M. Berton. Et puis, il est véritablement impossible de refuser une invitation aussi gracieuse.

Mme de Romainville s'inclina.

— Mon *cher ami*, osa encore dire du Lac à M. Berton, maintenant nous allons dîner. Mesdames, nous vous précédons.

Aussitôt que le comte et M. Berton eurent disparu, la prétendue Mme de Romainville s'empara du bras d'Aglaé et parut lui consulter le pouls.

— Ne rougissez pas, mon enfant, je sais tout. Et l'affaire est arrangée. Vous avez deviné qui je suis ?

Aglaé fit de la tête un signe affirmatif.

— Est-ce que nous allons bien loin ? se hasarda de demander Mlle Berton.

— J'ai indiqué la distance. Le château se trouve en pleine campagne ; je suis allée le visiter, et j'ai pu m'assurer de sa solitude. Maintenant, allons retrouver ces messieurs.

Aglaé se leva, en s'appuyant sur l'épaule de sa compagne; puis, lui prenant le bras, elle fit avec avec elle son entrée dans la salle à manger. Le comte eut l'heureux privilège de s'asseoir à côté d'Aglaé, pendant que celle qui usurpait le beau nom de Romainville se plaçait auprès de M. Berton, dont elle voulait captiver l'attention.

Après quelques paroles échangées, elle apprit que le bonhomme allait venir habiter Blois. Comme elle connaissait la ville, elle parla des habitants, des mœurs, des coutumes, finalement elle arriva au succès qu'elle avait souhaité. M. Berton ne s'occupait pas plus de sa fille et du comte que s'ils n'avaient pas été présents.

Pour passer au salon, où le thé était servi, M. Berton offrit son bras à son aimable voisine qui le renseignait au delà de ses désirs. Le comte et Aglaé allèrent s'asseoir sur un vaste canapé, qui garnissait tout un côté de la cheminée, pendant que Mme de Romainville continuait son rôle de cicerone auprès de M. Berton.

Vers les onze heures cependant, la source de enseignements tarit ; le père d'Aglaé se souvint de la fatigue du voyage et prit congé de Mme de Romainville. Il allait se tourner vers sa fille pour l'inviter à le suivre, quand *la nièce* du comte prévint son désir.

— Mon oncle, monsieur, va vous conduire à votre chambre, et moi je conduirai mademoiselle à la sienne.

Il n'y avait rien à répliquer. M. Berton sourit, salua la jeune femme et sortit escorté du comte.

— Je suis brisée, dit Aglaé, j'ai besoin de me reposer.

— Venez, lui dit simplement la Romainville.

Aglaé eut beaucoup de peine à monter l'escalier; elle s'arrêta souvent en chemin, et ce fut avec une vive satisfaction qu'elle entra dans une chambre dont le luxe dépassait tout ce qu'on peut rêver. Des rideaux de soie rose avec transparent garnissaient les fenêtres et le lit. Des glaces la réfléchissaient tout entière.

Elle s'assit, puis elle regarda.

Toute son âme était là, évaluant ce luxe dont elle ne pouvait assez repaître sa vue et dont elle rêvait avec angoisse la possession.

Un coup sourd, frappé à une porte que les draperies dissimulaient soigneusement, la prévint de la venue du comte.

Une tenture se souleva et du Lac parut.

Aglaé embrassa le comte de ce regard fixe, ardent, en qui se résumait la convoitise. Lui, prit ce regard trouble, dans le sens qu'il le désirait. L'homme le plus clairvoyant est souvent en amour le plus aveugle.

— Mon Dieu ! comme vous êtes pâle; sans doute vous souffrez ?

— Je suis mieux, répondit Aglaé, en essayant de sourire au comte, tranquillisez-vous !

Du Lac s'agenouilla devant sa maîtresse et la contempla.

— Est-ce que vous ne feriez encore que vous laisser aimer ? Votre froideur de ce soir m'a effrayé. Voyons à présent, dites-moi pourquoi vous m'avez fait un accueil si désobligeant. Vous ai-je déplu ? N'ai-je pas deviné toutes vos intentions ? Ne me suis-je pas plié à toutes vos volontés ? Énumérez vos griefs, je suis prêt à m'accuser, à vous donner raison... Mais vous ne m'écoutez pas ! que regardez-vous ?

— Cette chambre...

— Eh bien, cette chambre, meublée à votre intention, ne vous convient pas ?

— Tout ce luxe pour moi ?

— Tout ce luxe pour toi.

Aglaée pinça ses lèvres minces.

— Vous êtes un homme prévenant.

— Je suis un homme qui t'aime. Mais, attends, tu vas jouir d'une autre surprise.

Le comte se releva, alla vers la cheminée et prit dans un baguier un écrin qu'il ouvrit.

— Et ces gouttes d'eau précieuses, que je destine à l'ornement de tes oreilles mignonnes, te plairont-elles ?

Du Lac montra les bijoux à Aglaé.

— Ce sont des diamants ! dit celle-ci d'un air d'empressement avide.

— Du Brésil ! ajouta le comte en souriant.

— M'aimeras-tu un peu ?

— Je vous aimerai beaucoup, répondit distraitement Aglaé.

A cette réponse, le comte mit un baiser *paternel* sur le front d'Aglaé. Puis, il s'assit à côté d'elle et ajouta :

— Mme Richard vous a dit ce qui vous concernait. Vous pouvez en toute confiance vous abandonner à elle, c'est une personne éprouvée. Aglaé, chère Aglaé, du courage!

— J'en aurai, dit Aglaé.

Le comte la quitta heureux; et elle s'endormit paisiblement sous l'œil protecteur de Mme Richard qui était venue prendre la place de du Lac.

Ainsi, le pauvre père ne savait rien, ne s'était aperçu de rien, et, quand il descendit le matin, Aglaé et la prétendue dame de Romainville descendaient en calèche la côte de Blagy, éclairée d'un pâle rayon automnal.

IV

L'été se prolongeait dans ce beau pays. Les arbres étaient encore verts et les buissons pleins de chants d'oiseaux. Il va sans dire que le sourire poétique de la nature ne fut point goûté des dames de la calèche, qui roulait avec précaution sur le gazon de l'avenue.

Aglaé souffrait. Mme Richard étendait sur la jeune personne une sollicitude que les trente mille francs de du Lac rendaient ardente.

Mlle Berton paraissait se rendre compte des attentions dont elle était l'objet, car elle se bornait à indiquer le genre de souffrance qu'elle éprouvait et à se plaindre du cahotement.

— Allez doucement, recommandait à chaque instant Mme Richard au cocher; nous sommes en promenade, non en route.

Et le conducteur naturellement obéissait.

— Croyez-vous pouvoir faire à pied un kilomètre et demi tout au plus ?

— Pourquoi cette question, madame ? répondit Aglaé.

— Pour laisser le cocher dans l'ignorance où il est actuellement.

Vous comprenez?

— J'essaierai, dit Aglaé d'un air rêche.

Le silence se fit entre les deux voyageuses. Aglaé qui, un peu plus calme, n'avait qu'à se fier à une prudence avérée, s'assoupit.

La voiture allait au pas; elle mit beaucoup de temps à franchir une distance d'une lieue et demie. A un endroit qu'elle avait désigné à l'avance, Mme Richard fit arrêter.

Aglaé ouvrit les yeux. Sa compagne lui fit signe qu'il fallait descendre.

Mlle Berton regarda autour d'elle. Elle ne vit que des champs et, à une distance rapprochée, le donjon. Elle se leva, mais elle retomba sur la banquette capitonnée.

— Je ne puis me tenir, dit-elle.

Mme Richard devint anxieuse.

— Voulez-vous me donner la main ?

Aglaé fit de la tête un signe qui exprimait que cette idée était insuffisante.

Cependant, les chevaux, que la lenteur de la course avait irrités, mordaient le frein avec impatience.

Il leur tardait de repartir. Le cocher, qui avait mille peines à les retenir, prévoyant le moment où il ne serait plus maître de l'attelage, fit part de ses craintes aux dames.

— Mademoiselle rajuste sa coiffure; prenez patience, mon garçon, dit Mme Richard d'un air pincé.

Enfin, Aglaé descendit. Pour cacher la pâleur de la jeune personne, sa compagne lui couvrit la tête d'un voile; puis elle rendit au cocher sa liberté. Celui-ci n'eut qu'à lâcher les rênes; les chevaux partirent au grand trot.

— Asseyons-nous, soupira Aglaé, je ne puis pour le moment faire un pas.

Les deux femmes s'assirent sur le revers du fossé.

— Ce chemin piétiné, défoncé, doit être fréquenté, reprit bientôt Aglaé.

— Sans doute, répondit Mme Richard, qui comprit l'inquiétude d'Aglaé; si vous pouvez, appuyée sur mon bras, avancer encore un peu, nous allons prendre un sentier bien abrité, où il ne passe absolument personne.

Sans mot dire, Aglaé se leva; mais elle avait à peine fait quelques mètres que, poussant un grand cri, elle s'évanouit.

Mme Richard, qui n'avait pas prévu une crise aussi prochaine, parut fort alarmée. Emporter dans ses bras la jeune femme, il n'y fallait point songer. Le fardeau dépassait la mesure de ses forces. Et si l'évanouissement se prolongeait, qu'allait-elle faire?... Elle se repentit presque d'avoir renvoyé la voiture. Elle se pencha sur la malade et lui fit respirer de l'éther. Aglaé crispa ses traits, mais n'ouvrit pas les yeux. Lorsque Mme Richard se releva, elle aperçut à environ dix mètres d'elle un soldat dont les épaulettes d'or indiquaient le grade. Elle prit soudain un parti décisif; et, après s'être assurée que le voile qui recouvrait la tête d'Aglaé était assez épais pour rendre les traits méconnaissables, elle alla au-devant de l'officier, qu'elle aborda ainsi :

— Monsieur, daignez écouter une pauvre femme qui vient à vous, confiante dans la loyauté que votre titre inspire. Une jeune dame qui se rend à ce château se trouve subitement indisposée; son état paraît très grave. Aidez-moi, je vous prie, à la secourir.

La prière comportait un si vif intérêt pour celle qui en était l'objet, que le soldat trouva naturel ce qui, pourtant, l'était peu. Comment ces dames, dont la mise annonçait la distinction, commettaient-elles une imprudence que condamnait la position de l'une d'elles, si près du château dont elles parlaient?

Le château ne leur paraissait point ouvert, ni voiture, ni domestique; leur présence en pareil lieu était au moins singulière. Mais parfois l'esprit est dominé par l'étrangeté des circonstances, c'est ce qui eut lieu pour l'officier.

On arriva devant le château, qui paraissait clos comme une prison. Mme Richard agita la sonnette, et la grille s'ouvrit sans que personne se présentât pour recevoir les visiteuses. Le jeune homme suivit la Richard qui l'introduisit dans une salle dont le jour était tamisé par d'épais rideaux. Sur l'invitation de son guide, il déposa Aglaé sur des coussins qui semblaient préparés pour la recevoir.

— Monsieur, dit Mme Richard à l'officier qu'elle emmena dans un sombre couloir, recevez l'assurance de toute ma gratitude, et veuillez me promettre que le service que vous venez de rendre restera secret.

— Mais, répondit le jeune homme, de l'air de quelqu'un qui cherche à se rendre compte de ce qu'il voit, je vous le promets.

Il sortit. Cependant, au moment de repasser la grille, il crut entrevoir nettement la situation.

— Imbécile! sot que je suis! ce n'est que maintenant que j'y songe. Que viennent ici faire ces deux femmes? Ce château est isolé, il est inhabité, les murs sont épais; elles ont de mauvais desseins...

Après s'être reproché vivement une étourderie, dont au fond il ne se sentait que bien peu responsable, il retourna sur ses pas de l'air de quelqu'un qui a fait un oubli ou une omission.

Dans un cabinet qu'il n'avait pas remarqué la première fois, se trouvait un petit vieillard, celui sans doute qui avait ouvert la porte. D'un regard furtif, le soldat s'assura que sa présence n'éveillait point l'attention du gardien de ce tombeau. Alors, il crut comprendre que la consigne donnée à cet homme était de réprimer sa curiosité à l'égard de sa visite mystérieuse. Le militaire, qui se connaissait en discipline, admira celle qui, sous ses yeux, se conformait rigoureusement au texte. Il sourit, puis il passa sans être aperçu. Arrivé au fond du corridor, il regarda si une autre issue ne pouvait favoriser le projet qu'il méditait. Il aperçut dans un angle une porte ogivale à petits vitraux rappelant ceux des fenêtres d'église.

Il s'avança de ce côté et vit que la porte n'était que poussée. Il l'ouvrit avec précaution, tout en s'arrêtant quand elle menaçait de faire entendre quelque bruit.

Il vit devant lui un parc, dont les chênes centenaires, les marronniers séculaires ombrageaient cette façade du château. Après avoir regardé dans a direction où pouvaient s'ouvrir les fenêtres qui éclairaient la salle, il posa le bout d'un de ses pieds sur l'escalier, qui, tout capitonné de mousse, mettait la porte au niveau du sol.

Personne, probablement, n'avait à faire de ce côté, car les plantes incultes s'y épanouissaient en pleine sécurité. Au mur, les tiges des ronces aux mille dards grimpaient sans appui jusqu'au pre-

mier pour se replier ensuite en faisceau. A leurs pieds s'étalaient les orties et les chardons. Le soldat ne s'expliquait pas la cause d'un tel abandon; car le château était, dans l'acception du mot, remarquable.

Cependant, il était arrivé sous une des fenêtres du rez-de-chaussée, fenêtres garnies de gros barreaux de fer.

Le château reposait sur un soubassement, qui élevait le rez-de-chaussée à la hauteur des premiers étages des constructions ordinaires. Le jeune homme vit que la fenêtre était entr'ouverte; sans doute que la malade avait besoin d'air. Il écarta les parasites et s'éleva sur ses pieds, mais il n'atteignit pas encore au niveau de l'appui.

Il regarda le mur; le soubassement formait un rebord sur lequel il grimpa.

Il mit l'oreille sur la pierre et écouta; il n'entendit rien. Il descendit avec précaution et chercha des yeux une cachette. Avisant le tronc d'un gros marronnier, il se blottit dans la haute touffe de genêts d'Espagne qui entourait l'arbre. Il regarda à sa montre; il n'était que deux heures.

Mais qu'importait l'heure? il n'avait rien de déterminé dans son attente. L'événement dont il guettait l'arrivée pouvait se produire tout de suite, dans deux heures, dans la nuit ou le lendemain. Cela ne faisait rien, il attendrait; il saurait ainsi le fin mot de ce mystère.

Voilà donc notre officier tranquillement assis sur l'herbe, et, pendant qu'il jouit d'un repos forcé, amis lecteurs, nous allons vous le présenter.

Cet officier était le capitaine Berton, frère de celle qu'il avait secourue.

L'explication de cette singulière rencontre, la voici :

Jean avait suivi Napoléon dans ses victoires, et il allait le suivre dans sa mémorable défaite. Ayant obtenu un congé pour embrasser sa femme et son fils, passant de Lille à Paris, il voulut aussi embrasser son père, ses sœurs et son frère.

Il arriva dans la grande ville au moment où M. Berton et Aglaé venaient de la quitter.

— Ils sont à Blagy, dit Mélanie, tu devrais bien aller les rejoindre.

Jean goûta cet avis et il parti pour Blagy.

La diligence le laissa à Montoir. Et il prit pour aller au château le chemin qu'on lui indiqua.

Maintenant voici le portrait du capitaine.

Jean avait de grands yeux fiers où se reflétait sa bravoure et qu'accentuait sa belle prestance. Le front était déjà chauve, mais ses sourcils lui tenaient lieu de cheveux. En le voyant on disait : Avec ces sourcils-là la calvitie est supportable. Sa taille haute, son geste noble faisaient songer au héros

Le château se trouve en pleine campagne (page 5).

de la fiction. L'ensemble, plein de tenue, supprimait toute faiblesse. Jean, doux, tranquille, dans les situations ordinaires de la vie, devait être terrible dans celles qui ne s'accordaient point avec les principes de l'honneur. Loyal jusqu'à l'extrême, sa susceptibilité était, en revanche, chatouilleuse comme toute celle des gens d'épée.

Depuis deux heures, Jean écoutait et il n'entendait que le bruit de quelques feuilles sèches qui, en tournoyant, allaient rejoindre sur le sol leurs camarades. C'était là l'image désolante de la solitude. N'ayant aucune préoccupation, il était impossible que son esprit échappât à la tristesse de la sensation qu'il recevait. Cependant, l'âme d'un soldat est peu encline à la rêverie. Mais il y a des circonstances et des lieux qui rendent l'homme le plus prosaïque poète malgré lui.

Cependant, la nuit vint. L'humidité, sous la forme d'un léger brouillard, se fit sentir. Jean mit sur ses épaules le manteau qu'il portait sous son bras. En mettant la main dans la poche, il rencontra un corps dur enveloppé de papier qui au toucher était fin. C'était du chocolat. Mélanie avait garni sa poche en cas de besoin. Il remercia du fond du cœur cette sœur prévoyante, puis il rompit la tablette et, sans façon, il se mit à le manger.

La fenêtre, qui était toujours ouverte, s'éclaira. Presque aussitôt une plainte sourde en sortit. Alors il revint à son poste d'observation : — les ténèbres se chargeant de protéger sa curiosité, — il essaya de plonger les yeux dans l'intérieur de la salle ; mais les rideaux fermaient toute issue aux regards. Seulement il constata que les plaintes montaient la gamme. Une dernière fut si déchirante qu'il eut froid dans le dos et que son cœur se mit à battre très fort.

Il se trouva debout sur le sol, sans savoir comment cela s'était fait.

Au moment où il escaladait de nouveau la muraille, la sonnette retentit. Il regarda à sa montre, elle marquait dix heures.

Qui pouvait bien, si tard, venir ici ?

De l'étroit rebord où il était monté, il remarqua que les intervalles des barreaux pouvaient venir en aide à sa curiosité. Il passa donc sa main entre l'un d'eux et écarta doucement les rideaux. Mais il y en avait plusieurs superposés. Il se suspendit à l'appui et, calculant ses mouvements, il arriva au but qu'il désirait.

vit la jeune personne toujours étendue sur les coussins ; mais la femme qui accompagnait la malade se tenait au chevet, de façon à masquer absolument le visage de celle-ci. Il vit dans l'ombre un homme qu'il ne reconnut pas.

L'œil du soldat chercha à percer les ténèbres, mais en vain. Cependant sa patience n'eut pas à supporter une longue épreuve. La malade s'agita ; alors l'homme s'approcha vivement pendant que la femme qui veillait s'écartait...

Les yeux de Jean se dilatèrent affreusement ; il venait de reconnaître sa sœur dans la personne étendue, assistée d'une femme dont la présence indiquait la profession, et, dernier coup ! le comte du Lac, l'ami de son père !

La violence de l'impression fut telle qu'il lâcha es barreaux et tomba étourdi sur le sol.

M. Berton avait profité de l'absence de sa fille pour se rendre à Blois. Le comte, resté seul à Blagy, n'avait pu se résoudre à attendre au lendemain pour avoir des nouvelles d'Aglaé. Il avait passé l'après-midi dans des inquiétudes terribles. Nerveux au delà du possible, au moindre bruit, au moindre éclat de voix, il se mettait à la fenêtre, croyant toujours ses gens en pourparlers avec un messager.

Lorsque la nuit fut venue, il partit. Il fut longtemps en chemin, courant presque quand ses craintes au sujet d'Aglaé le reprenaient, et ralentissant le pas quand il pensait qu'elle pouvait re-

fuser de le voir. Mais cette dernière alternative faiblit devant la crainte qui le dominait.

Il pénétra dans la salle, dans un état d'esprit inquiétant pour sa raison. Il resta debout sur le seuil, essayant, avant que de se hasarder d'aller plus loin, de lire, sur le visage d'Aglaé, l'accueil qu'elle lui réservait. Mais celle-ci n'ouvrit point les yeux et laissa ainsi au comte le bénéfice de sa hardiesse.

Mme Richard, qui s'était retournée au bruit des pas de du Lac, fit un signe qui le rassura. Ce signe voulait dire : « Tout va bien ! »

Prenant ensuite dans ses bras un paquet blanc, elle alla au-devant du comte, et, lui présentant l'objet, elle dit :

— C'est une petite fille !

Si prompt qu'eût été le mouvement de Mme Richard, il avait permis à Jean de reconnaître Aglaé. Comme de tous les grands coups qu'on reçoit, on est long à se remettre, l'officier, qui était resté dans le but d'empêcher un crime, avait patiemment attendu l'heure où le déshonneur de sa sœur allait être dévoilé. Quelque chose comme un ouragan passa en lui, et, le terrassant, le jeta meurtri du ciel en terre. Immobile près du mur, il répétait sourdement : « — J'ai bien toute ma raison, je ne suis pas fou ! — Cette femme est ma sœur ; cet homme est du Lac ! »

Et, jusqu'à ce qu'il fût bien convaincu de cette vérité, il resta comme pétrifié, la tête toujours penchée vers le sol.

Enfin il poussa un long soupir qui semblait aller chercher un souvenir dans le passé. Nous nous permettons de supposer que Jean pensait à sa mère et que cette douce évocation le rendait à lui-même.

Il releva la tête ; ses gros sourcils, en se rapprochant, formèrent un sillon vertical dont l'aspect était redoutable. Il ramassa son casque qui avait roulé dans sa chute, se coiffa avec une violence qui n'avait d'égale que sa colère et se dirigea au pas de course vers la salle où reposait Aglaé.

Jamais peut-être invasion ne causa plus d'effroi à des envahis que ces pas précipités résonnant dans le sombre couloir et que l'arrivée soudaine d'un acteur inattendu dans ce drame domestique.

Aglaé s'était redressée effarée sur sa couche sanglante. La Richard, les yeux tournés vers la porte, se demandait ce que cela signifiait.

Enfin, le comte — qui, instinctivement, s'était assis au chevet de Mlle Berton comme pour la protéger — regardait tour à tour les deux femmes et la porte.

Mme Richard, seule, avait deviné quel pouvait être l'arrivant. N'augurant rien d'agréable de la cause qui faisait ainsi revenir le soldat sur sa parole donnée, elle s'élança d'un bond vers la porte qu'elle ouvrit, et qu'elle referma derrière elle.

— Eh bien ! dit-elle avec agitation à Jean. Que revenez-vous faire ici ? oubliez-vous votre promesse ? et que fait donc le vieux Mathieu pour vous avoir laissé entrer ? Monsieur l'officier, il se passe quelque chose que vous ne devez point voir. Mais je cours au-devant de vos soupçons pour les détruire, car il n'y a que la défiance qui ait pu ici vous ramener. Repartez, je vous en conjure; nos intentions ne sont point à suspecter.

Jean regarda avec un mépris terrible cette femme, témoin odieux du déshonneur d'Aglaé. Malgré l'obscurité, la Richard sentit l'éclair menaçant du regard qui l'enveloppa; elle frissonna.

— J'ai besoin, dit le soldat, se contenant à peine, de causer un instant avec la femme et l'homme qui sont là (et il indiqua la pièce). Quant à ma parole donnée, j'ai des raisons pour la reprendre. Comme ce que j'ai à dire *à vos amis* exige l'absolue discrétion, vous allez me faire l'amitié de me suivre jusqu'à un endroit où la surveillance du père Mathieu ne s'exerce pas.

Et, sans lui donner le temps de répondre, Jean prit cette femme par les épaules et la conduisit jusqu'à la porte ogivale ouverte ; puis il poussa dehors, malgré ses protestations, la complice de sa sœur, et il referma la porte qu'il barra.

Le comte et Aglaé avaient entendu le son heurté des voix sans distinguer les paroles échangées. Ils n'en étaient que plus perplexes; car toute visite à ce château abandonné était une menace de danger. Le temps laissé aux conjectures se passa sans qu'ils pussent imaginer d'où venait ce danger. Ils étaient si sûrs de l'ignorance de M. Berton ! Quant au capitaine Jean, il n'avait même pas effleuré leur pensée ! Mais quel était donc alors ce visiteur mystérieux ? Ils s'adressaient cette question sans pouvoir la résoudre, quand la porte s'ouvrit avec fracas. Sur le seuil apparut la tête menaçante de Jean.

Avant que le comte eût dit un mot, pendant qu'Aglaé, comme pour fuir la vision, se couvrait le visage de ses mains crispées, Jean disait au comte, de cette voix basse et gutturale que l'indignation étrangle :

— Du Lac, qui, sans scrupule, sans pudeur, déshonorez la fille d'un honorable ami, vous êtes un misérable !

Et il donna un soufflet au comte qui, livide, recula jusqu'au mur.

Jean attendit une minute... Puis, s'emparant du nouveau-né, il l'emporta enveloppé dans son manteau.

PREMIÈRE PARTIE
LE DOUBLE JEU

I

Quoique bien des années se soient écoulées depuis les événements racontés précédemment, aucun des principaux personnages n'est passé de vie à trépas. Tous sont ici ou là agissant, se mouvant chacun selon son caractère, ses appétits, ses faiblesses ou ses qualités.

Paul, le plus jeune enfant de M. Berton, était devenu un solide gaillard de trente ans, paresseux, un tantinet libertin, mais au fond bon garçon, obligeant et redresseur de torts à sa façon. Il va se présenter lui-même à nos lecteurs tout en conférant d'un ton animé avec son noble ami le marquis Victor de la Houe.

— Tu vas me comprendre, lui disait-il, écoute : Je ne te remercie point de m'avoir admis à partager tes plaisirs. L'affection que je porte au collégien Victor s'arrête à la folie. Mais je te suis reconnaissant d'avoir mis un obstacle au triomphe de la tyrannie de ma sœur Aglaé, qui avait obtenu de mon père que je fusse calicot. Ce titre vaut mieux que je ne vaux, j'en conviens; mais les attributions qu'il comporte me déplaisaient à remplir. Je ne me sentais aucun goût pour le commerce. Je faisais, jusqu'au moment où je t'ai rencontré, une figure bien longue à côté des figures souriantes de mes camarades. Ils se moquaient de moi... et n'avaient pas tort; le fils d'un receveur général est un âne, le fils d'un homme laborieux est un paresseux. Je pourrais continuer l'antithèse mais je crois inutile de la pousser plus loin, tu connais « l'aimable farceur... »

Je ne suis donc rien. Et, si je ne suis rien, je le dois certainement à l'influence de celle qui m'a fait retirer du collège avant que mes études fussent terminées. Ah ! la faiblesse, mon cher ami, est dangereuse. Si mon père n'en avait été affligé, il est probable que les instincts sordides de ma sœur se seraient moins développés. Enfin, je n'ai pas à envisager ce qui n'est pas, mais bien ce qui est. Si je ne vaux rien du côté de l'intelligence, je veux valoir quelque chose du côté de la vengeance. Et tu m'y aideras. La tristesse que te cause ta ruine m'a donné une idée. La voici:

Il faut que tu deviennes le mari d'Aglaé.

Le marquis fit un bond.

— Rêves-tu ? ta sœur est plus que quadragénaire.

— Qu'est-ce que cela fait à mon projet ? Ce n'est pas la femme que je t'offre, c'est ce qu'elle possède. Mon père qui, pour lui obéir, n'a point doté la petite Mélanie, aujourd'hui Mme Fontaines, chez laquelle nous descendrons, si tu partages mes vues, dotera Aglaé de cinquante mille francs.

— Qu'est-ce qu'une cinquantaine de mille francs ? répliqua dédaigneusement le marquis.

— Je vais laisser la dot et supputer le chiffre de sa fortune à elle ; écoute : Quand mon père était receveur général, elle faisait seize mille francs d'économie. Cela a duré de 1811 à 1826. Aujourd'hui, 18 septembre 1830, elle se contente d'inscrire huit mille francs sur son budget. C'est encore joli. Sais-tu compter ? Multiplie seize par seize et huit par quatre, cela fait deux cent quatre-vingt-huit mille francs. Ajoute les cinquante mille francs du père. Total : trois cent trente mille francs ! Avec les intérêts accumulés de ces sommes, Aglaé possède SIX CENT MILLE FRANCS ! Elle a encore une espérance, celle d'être l'héritière du comte du Lac, qui regarde Aglaé comme une fille... Et celui-là est riche, riche à millions. Vois quel parti avantageux je t'offre ! Vois ce que nous avons encore à dévorer !

Le marquis, dans l'attitude de la réflexion, répondit :

— Est-elle « conservée, » ta sœur ? Si elle était comme Diane d'Ermonville, qui avait quarante-six ans et qui n'en portait pas trente, je te dirais « oui. » Je suis jeune, trente-deux ans, je ne suis point laid, et... j'hésite...

— En face d'un pareil chiffre !

Si Aglaé était une autre Diane d'Ermonville, je me garderais bien de te la proposer pour femme. Tu saisis la raison qui motiverait ma retenue. C'est parce qu'elle est, en un mot, ce qu'elle est, que je t'engage à l'épouser.

— Je voudrais la voir.

— Je te présenterai à elle.

— Quand ?

— Quand tu voudras.

— Si après-demain nous partions pour Blois ?

— Partons pour Blois après-demain. Je suis à tes ordres. Et, d'ici là, je vais réfléchir aux moyens qui me permettront de faire la paix avec elle.

II

AGLAÉ.

Depuis sa faute — cela est triste à dire, — la vieille fille, qui ne se doutait pas d'un projet dont son avarice ne justifiait, hélas ! que trop la prétention, n'avait jamais éprouvé le désir de demander à Jean ce qu'il avait fait de l'enfant.

Le capitaine, qui méprisait sa sœur et ne tolérait sa présence que par pure vénération pour son père, n'en avait rien dit non plus.

Quand, à certains jours de l'année, toute la famille Berton, qui habitait Blois, se réunissait chez le père, la froideur des relations entre Aglaé et Jean excitait la curiosité générale. Tout le monde croyait être dans le vrai, en attribuant la cause de cette antipathie profonde aux instincts sordides d'Aglaé. Chacun jetait à son voisin un regard interrogateur, quand, par nécessité, Jean était obligé d'adresser la parole à sa sœur.

C'est ainsi qu'il faisait porter à la coupable le poids du fatal secret qu'il se croyait dans l'obligation de garder. Une autre femme n'aurait pu en garder le fardeau perpétuel ; elle eût demandé grâce, puis elle fût morte d'affaissement. Mais Aglaé, sevrée du remords qui tue, n'avait pris au frottement d'un mépris en permanence, qu'une aigreur qui avait achevé de détruire l'organe de sa voix. Et si, comme le disait E. Quinet, ce désagréable défaut est le thermomètre de l'âme, lecteurs amis, concluez.

Par son empire sur du Lac, elle avait fini par faire oublier à ce dernier un souvenir pénible. Ils avaient bien eu au sujet du rapt quelques scènes orageuses, mais la victoire avait toujours appartenu à Aglaé dont la beauté tenait lieu de tout.

Devant l'abandon d'une jolie main — abandon qui équivalait au rameau d'olivier — le vieux baron substituait les soupirs aux arguments. Donc, la paix faite, la Romainville partie, le comte était venu s'installer à Blois ; tout était rentré dans l'ordre commun.

Seul, M. Berton, qui aimait à se rappeler *les gracieusetés* de « Mme de Romainville », demandait souvent au comte ce que cette jeune veuve était devenue.

Aglaé, qui avait ses raisons pour ne point partager le plaisir que son père goûtait en évoquant ce souvenir, s'interposait d'un air rêche, pendant que le comte essayait de détourner d'un pareil sujet l'esprit du vieillard.

Ces moments-là, Aglaé était irascible. Elle se vengeait d'une blessure inconsciemment faite en rendant aiguë l'autorité déjà si écrasante qu'elle avait sur son père. Si ce dernier manifestait alors quelque désir dont la réalisation dépendait d'Aglaé, il devait y renoncer. Celle-ci, sèche et cassante, trouvait pour refuser des prétextes qui prévalaient. Pour éviter toute discussion, en un mot pour avoir la paix, M. Berton n'avait plus qu'à se soumettre.

Les doigts d'Aglaé étaient noués à son double sceptre. La soumission et la mise en tutelle de M. Berton avaient pour pendant l'esclavage du comte. La crainte, la haine, le mépris qu'elle inspirait, fortifiaient encore ses pouvoirs. Paul avait raison ; après qu'elle eut dissous l'énergie du vieux conventionnel, sa direction devint exempte de contrôle. Elle put couper, tailler à sa guise. Elle put assouvir à son aise son appétit du gain : elle s'était fait une situation. Et, bien que tout le monde comprît l'illégalité de cette situation, chacun, par des motifs différents, respectait le fait acquis.

Sa faute restée secrète, jolie comme elle l'était et en vue comme la fille d'un receveur général en province l'est, les riches prétendants ne lui avaient pas manqué. Mais, ne voulant se marier, elle savait revêtir ses refus d'une forme analogue à sa situation : femme du monde par orgueil, comme par prévision elle s'était donnée au comte, comme par avarice elle descendait jusqu'à la mesquinerie avec sa femme de charge, comme par besoin de domination elle n'hésitait point à prendre les rôles nécessaires. Elle fit servir en ces nombreuses circonstances tout le cliché de l'amour filial. Avec lui, elle éconduisait tous ses soupirants.

A l'époque où nous la retrouvons, Aglaé commençait à entrer dans la phase de sa laideur. Son front était un amas de stries sèches qui l'assimilaient à une surface d'eau trouble sur laquelle se prélassent des milliers de petites rides. Ses sourcils, naguère irréprochables, s'avançaient sur les yeux et se rejoignaient à la racine du nez, ce qui donnait à la physionomie un aspect de dureté.

Cependant, à l'extrémité inférieure de ce visage devenu anguleux était, comme une fleur au milieu d'autres fanées, la bouche ornée d'une double rangée de belles dents, dont l'éclat primitif protestait contre le reste de l'ensemble déformé ; si parfois il arrivait que le regard sût se circonscrire, cette bouche, avec l'agacerie de son grain de beauté, avait encore au milieu de ces ruines un certain attrait. Des dents blanches, c'est si agréable à voir !

Comme si sa modestie se fût offusquée de se rencontrer en compagnie d'une note claire et joyeuse, Aglaé n'avait adopté pour sa mise que des couleurs sombres. Ses cheveux retombaient sur ses joues en une profusion de boucles, coiffure bien faite pour dissimuler l'altération des tempes.

Telle était celle que Paul voulait donner pour femme au marquis.

III

LE MARQUIS ET PAUL ARRIVENT A BLOIS

L'arrivée des deux Parisiens à Blois fut un véritable événement.

Mme Fontaines, chez qui ils descendirent, ne put dissimuler son étonnement, quand, venant ouvrir elle-même la porte qu'on heurtait avec une impatience de maître, elle s'entendit dire :

— Bonjour, petite Mélanie !

Le marquis jouissait paisiblement de la surprise de celle que son ami interpellait avec cette tendre familiarité, et il contemplait la petite femme grassouillette, dont le sourire formait deux nichées d'amours dans le velouté rose des joues.

— C'est toi, mon bien cher Paul ! répondit-elle enfin en se pendant au cou du grand garçon, et quel heureux motif t'amène ici ?...

— Je te le dirai. En attendant, permets-moi de te présenter mon ami, M. le marquis Victor de la Houe.

Mélanie, un peu intimidée en entendant décliner ce titre, s'inclina d'un air grave ; puis elle introduisit ses visiteurs dans un coquet salon, dont chaque ornement trahissait le travail élégant de doigts féminins. On y respirait un air tout intime. Les jolies fleurs en laine ou en fil vous souriaient avec une confiance vraiment honnête. Elles représentaient la patience et le goût. La physionomie de ces choses était communicative ; elle exerçait son influence sur les natures les plus rebelles au calme.

— Ton mari, tes filles, — tout ce cher monde, — va bien ? reprit Paul qui, par cette question banale, voulait donner à sa sœur l'aplomb qui lui manquait.

— Fontaines est à son bureau, et mes filles sont là.

Mélanie indiqua une pièce à côté du salon.

— Ne veux-tu point que je les embrasse ?

— Mais... si. Je vais les aller chercher.

Mme Fontaines sortit et revint aussitôt avec ses deux filles, Renée et Angèle.

Elles étaient à peu près de la même taille, jolies, quoiqu'elles ne se ressemblassent point. Ni blondes, ni brunes, leurs cheveux étaient de cette nuance incertaine que favorise notre climat tempéré.

Renée, un peu pâle, avait des yeux adorables. Angèle avait plus de couleurs. Ses yeux, peut-être moins beaux que ne l'étaient ceux de sa sœur, gagnaient en vivacité ce qu'ils perdaient en beauté. Elle paraissait de quelques années plus jeune que Renée.

Leur mise était simple. Elles portaient des robes de nuance claire, agrémentées aux manches et à la taille d'une légère broderie de soie bleue.

Paul, sans cérémonie, leur mit sur les joues de bons gros baisers. Elles rougirent toutes les deux en se regardant. Ce grand garçon qui était leur oncle, accompagné d'un autre élégant, semblait, à leur point de vue, manquer de réserve. À Blois, on ne se fût point permis à leur égard la hardiesse étonnante qu'elles ne s'expliquaient pas. Mais leur mère était là, qui leur souriait; elles ne tardèrent pas à se rassurer. Ce mouvement de confusion, qui attestait l'effarement de la candeur, fut éloquent pour les deux mauvais sujets, qui en admirèrent la grâce naïve.

Paul demanda ensuite des nouvelles de Jean et de sa famille.

— Madame Berton nous quitte à l'instant, dit Mélanie, mais ils dînent ici tous les trois. Monsieur le marquis, ajouta madame Fontaines en s'adressant à Victor, est-ce que vous voudrez vous asseoir à notre table ?

— C'est avec empressement, madame, que j'accepte votre invitation.

— Eh bien! alors, dit Paul à Victor, et l'invitation supposée de mon père? Il paraît que tu en fais fi ?

Le marquis sourit.

— Mélanie, tu voles un convive à Aglaé! Enfin, nous avons notre soirée à nous, car je présume, ma sœur, que tu n'as pas... disposé de nous?

En ce moment, M. Fontaines entra.

C'était un homme d'environ cinquante ans, de taille et de figure ordinaires. Il portait en collier une barbe poivre et sel. Cette coupe de barbe augmentait, je ne sais pourquoi, la bienveillance de la physionomie d'un jour un peu gris, effacement dû à celui de sa position. Mais le ton plein de sa voix révélait la bonté d'une âme honnête. Alors, ses yeux sans éclat plaisaient et l'on ne trouvait plus étonnant le tendre regard dont sa femme l'enveloppait.

Ce regard faisait comprendre le bonheur tranquille de ce ménage, assorti en tout point, hormis par l'âge. Fontaines pouvait bien avoir quinze ans de plus que sa femme; car elle avait épousé le premier employé de son père immédiatement après sa sortie de pension, vers 1813. Mélanie, plus heureuse, sous la direction de sa sœur, sevrée de tendresse, avait accepté Fontaines, qui avait bien voulu épouser sans dot la gracieuse enfant.

Mélanie n'avait pas eu à se repentir de son choix. Depuis seize ans, la tendresse de son époux ne s'était point démentie; la lune de miel durait toujours, et ce couple répandait autour de lui un calme qui allait se refléter sur la figure de leurs deux charmantes jeunes filles.

Nous disons leurs deux charmantes jeunes filles; cependant, Angèle seule était la fille de M. et madame Fontaines. L'autre, Renée, enfant adoptive d'un pauvre charpentier qui se blessa en tombant d'un toit, avait été recueillie par la famille Fontaines, pendant le temps qu'exigerait la guérison de l'infortuné dont la position misérable avait nécessité son transport à l'hôpital.

Quand le blessé reprit son travail, il voulut reprendre son enfant; mais, apercevant les yeux pleins de larmes de Mélanie, il se dit que la petite était en bonnes mains, qu'elle serait mieux avec les Fontaines qu'avec lui. Alors, puisant dans le sacrifice le courage d'un renoncement déchirant, il dit à Mélanie qu'il lui laissait l'enfant. Il embrassa Renée ; puis, ayant parlé d'une petite succession à recueillir, il partit de Blois et alla à Mulhouse. Ce ne fut qu'un an après l'adoption de Renée par la famille Fontaines qu'Angèle vint au monde.

Renée savait que la famille Fontaines n'était point la sienne, comme on sait le nom d'un lieu, d'un endroit familiers. Elle avait retenu son origine, comme on retient une date. Il n'en pouvait être autrement, puisqu'elle appartenait par les sources vives de l'âme à son père et à sa mère adoptifs. Elle n'établissait qu'une légère différence entre ses droits acquis et les droits légitimes d'Angèle. L'accident qui séparait ceux-ci de ceux-là creusait la pensée de Renée, sans toucher le cœur.

Mélanie voulut présenter le marquis Victor à son mari, qui, à l'encontre de sa femme, ne parut point du tout intimidé en face d'un titre. Il regarda de sa tranquille figure les deux Parisiens et leur souhaita, dans des termes à lui, la bienvenue. On causa un instant de petite banque, de haute banque; puis la causerie à bâtons rompus prit un tour général qu'on laissa à l'arrivée de la famille Berton. Paul embrassa son neveu, qui n'avait que quelques années de moins que lui, serra la main du capitaine, ainsi que celle de sa belle-sœur, blonde Alsacienne au regard doux.

Le marquis, dont les présentations ne finissaient plus, regardait d'un œil souriant les membres de cette famille, en pensant qu'il pourrait un jour en faire partie. Comme il avait l'œil exercé, il remarqua que l'arrivée d'Auguste troublait la belle Renée et que l'œil du jeune homme s'était animé en regardant la jeune fille. Il en conclut que Renée et Auguste s'aimaient.

L'on se mit à table ; Auguste s'arrangea de façon à se placer en face de Renée. Paul, lui, fit asseoir Angèle à ses côtés. Le regard plein de vivacité de la jeune fille s'arrêtait comme ravi sur Victor. Ce regard disait ingénument au marquis : « Vous êtes charmant ! »

Mais, quand vers la fin du dîner, on parla d'aller chez M. Berton père, l'éclat de ce regard se noya dans une larme ; et il s'éteignit bientôt. Tout cela, bien entendu, avait été observé du marquis.

M. Berton père, ou plutôt Aglaé, — car c'était Aglaé qui était le *chef*, — habitait un des jolis hôtels du quai de la basse ville, Blois se divisant en ville haute et en ville basse. La haute ville, partie ancienne, est mal bâtie ; beaucoup de ses rues sont inaccessibles aux voitures. La basse ville, où se rendaient en ce moment Fontaines et ses deux Parisiens, est assise au pied du beau fleuve qui s'appelle la Loire. Donc la partie haute est affectée aux souvenirs historiques ; la partie basse, exempte de curiosités archéologiques, n'a pour elle que son beau pont de pierre, jeté sur le fleuve et ses eaux claires, ses maisons jeunes, et son lot est beau.

L'hôtel Berton était situé presqu'en face du pont, on apercevait du faubourg son balcon de pierres blanches sculptées. Cette promenade entourait la façade, et, comme elle était très large, l'été elle servait de salon aérien, et à l'heure de la « promenade, » il y avait affluence de visites et de saluts. Cependant Aglaé, pour l'entretien minutieux de ces élégances, n'avait à son service que deux femmes, Marion et Angélique. La première, cuisinière, et l'autre, bonne à tout, vraie protée de services. Angélique, opprimée par Aglaé, n'en était pas moins l'âme damnée de sa maîtresse, l'esclave vile des volontés de celle-ci. Elle s'était façonnée au moule dans lequel on l'avait jetée.

Le jour où Paul allait présenter le marquis à Aglaé était un lundi : jour de réception de l'ex-receveur. Les visites obligeaient Mlle Berton à rester au salon, jusqu'au moment de se mettre à table, — ce qui faisait reculer le souper d'une heure ; car Aglaé voulait assister aux apprêts, voire même à la cuisson de celui-ci.

Marion, la grosse Marion, habituée aux manières de sa maîtresse, laissait en repos son initiative. Elle attendait toujours les ordres, qui, comme une horloge, sonnaient à heure fixe. Quand sa besogne était terminée, elle s'arrondissait sur sa chaise de jonc, et, les mains croisées, quand ses doigts ne faisaient pas mouvoir les aiguilles d'un tricot, elle attendait bravement qu'une voix sèche vînt lui commander d'allumer les fourneaux. Elle se levait sans mot dire et elle obéissait.

Ce jour-là, Marion avait en vain attendu « que l'horloge sonnât. » Étonnée d'un précédent sans pareil, elle s'apprêtait à franchir le seuil de sa cuisine pour en savoir la cause, quand elle heurta la diligente Angélique, qui, — munie des pleins pouvoirs d'Aglaé, — venait ordonner qu'on mît le souper sur le feu.

Marion leva sur sa maîtresse nº 2, des yeux effarés.

— Eh bien ! lui dit aigrement Angélique, qu'avez-vous donc à me regarder avec des yeux pareils ?

— C'est que... mademoiselle était toujours, jusqu'à présent, venue elle-même... à la cuisine.

— Mademoiselle est au salon ; faites ce que je vous dis.

Marion baissa ses gros yeux et obéit.

Berton et Aglaé ne se mirent donc à table qu'à six heures. La vieille fille, troublée dans ses habitudes de ménagère, fut avec son père plus sèche que jamais. Après avoir parlé de l'ennui, de l'embarras d'une telle journée, elle finit par dire qu'elle ne voyait plus l'utilité, à présent que M. Berton jouissait de sa retraite, d'ouvrir son salon aux gens avec lesquels il avait officiellement rompu.

— Tu feras ce que tu voudras, dit Berton, dont la faiblesse pliait mollement devant cette tyrannie.

— Cette initiative-là ne m'appartient pas ! répliqua Aglaé.

— Veux-tu donc que je ferme ma porte à mes amis ?

— Vos amis ! vos amis ! Ce sont là toujours vos réponses ! Et dans tous ceux qui aujourd'hui sont venus, je n'en vois pas un qui ait droit à ce titre.

— Comment ? comment ? s'écria Berton, Thénard, du Lac ne sont pas mes amis ?

Aglaé, en entendant ce dernier nom, se troubla. Elle ne voulait pas plus que son père fermer le salon au comte.

— Ceux-là, dit-elle, ne sont pas compris dans l'exclusion.

Le vieillard respira. Il considérait cette concession d'Aglaé comme d'un grand prix ; car sa fille ne le gâtait point.

Le silence entre le père et la fille était à peine rétabli qu'on entendit résonner le timbre argentin de la sonnette. Aglaé plissa ses lèvres minces et laissa échapper un geste d'impatience.

— Encore du monde ! il sera dit qu'aujourd'hui je n'aurai pas le temps de me reconnaître ! Mon père, ajouta-t-elle, il faut que je jette un coup d'œil sur le livre qui contient la dépense du jour. Allez au salon ; dans un instant, je vous y rejoins... Angélique ! allumez les bougies du salon.

Angélique alluma les bougies du salon, pendant que M. Berton s'asseyait dans un fauteuil qui lui était destiné. Elle allait se retirer quand Paul entra, suivi du marquis et de Fontaines.

Elle regarda de ses yeux clairs ces trois personnes et prit un air de dédain en regardant la figure du bon Fontaines : cette fille épousait les affections et les antipathies de sa maîtresse.

Par exemple, la présentation du marquis au vieillard excita au plus haut point sa curiosité. Un titre la flattait infiniment, et elle allait rendre compte à sa maîtresse de la visite qui l'attendait, lorsque Paul, après avoir échangé un signe d'intelligence avec Victor, alla frapper à la porte de la chambre d'Aglaé qu'il trouva penchée sur des... chiffres.

IV

OU IL FAUT A PAUL DE L'ESPRIT ET DE LA PATIENCE

La vieille fille, troublée dans ses additions, releva brusquement la tête. Elle aperçut sur le seuil de la porte de sa chambre un visiteur étranger. Elle enleva prestement de la lampe l'abat-jour qui, faisant descendre la lumière en bas, laissait dans l'ombre la tête de celui qu'elle qualifiait d'*intrus*. Elle reconnut son frère.

Alors sa figure, qui reflétait une inquiétude anxieuse, revêtit une expression froide de mécontentement; elle regarda Paul d'un air qui signifiait :

— J'attends que vous expliquiez votre entrée chez moi.

Le mauvais sujet éluda cette muette interrogation.

— Ne vous fâchez pas. Laissez là vos grands airs; je viens, chère Aglaé, vous embrasser. Quand la famille est nombreuse, ajouta-t-il avec son aisance moqueuse, il faut faire provision de baisers.

— Chère Aglaé, pensait la vieille fille en écoutant son frère, dont le langage ironiquement railleur sonnait mal à ses oreilles. Pourquoi m'appelle-t-il « chère »?...

Elle était en droit de trouver cette avance intéressée; car Paul, comme Mélanie, comme Jean, avaient pour elle un sentiment commun: l'aversion. Du reste, elle leur rendait parfaitement ce qu'elle en recevait.

Paul, durant ce commentaire mental, prit le baiser qu'il était « venu chercher ».

Aglaé le reçut avec la politesse froide qui la caractérisait.

— Vous serez donc toujours un grand enfant ! dit-elle d'un air pincé et désapprobateur.

— Et vous, toujours insensible à mes témoignages d'affection?

Aglaé eut un sourire qui sillonna la peau de sa figure d'un nombre infini de petits plis; mais elle montra ses perles, ce qui fit compensation pour Paul; car il examinait sa sœur comme on examine,

malgré ses avaries, une marchandise qui arrête encore les regards de quelques passants.

Cette bouche jeune avait bien son prix.

— Votre sourire, dit Paul, trahit votre incrédulité en ce qui me concerne. C'est un tort, ma sœur.

Ce mot « sœur », qui venait après « chère », donna une secousse prodigieuse à Aglaé.

— Laissez là votre comédie et parlez, dit-elle d'un air grave et dédaigneux.

Paul, mauvais diplomate, en s'entendant rappeler sitôt à l'ordre, se confessa tout bas. Le moyen qu'il avait essayé ne valait rien. La transition du chaud au froid avait été trop brusque. Ce rapprochement, que rien dans le passé comme dans le présent ne semblait autoriser, ne pouvait, en effet, qu'inspirer des soupçons à la défiante Aglaé.

Alors, pour couvrir sa maladresse, il eut recours à la franchise, seul moyen pour sortir vainqueur d'une situation dont son amour-propre avait à souffrir.

— Ma comédie est que, si vous y consentez, je veux vous marier.

Cette déclaration, à cent lieues de la pensée d'Aglaé, réveilla la fureur des mauvais instincts de la vieille fille.

— Et qui vous a chargé de ce soin matrimonial?

— Simplement l'intérêt que je vous porte.

Aglaé jeta sur son frère un regard chargé de défiance.

— L'intérêt que vous me portez! riposta-t-elle avec une sécheresse ironique; je ne crois pas à l'intérêt que vous me portez!...

En entendant ce langage, Paul serra sa canne à la briser. Sa sœur ne répondait pas à ses paroles, mais absolument à sa pensée; et, s'il n'arrivait pas à lui donner le change, c'en était fait de son projet. Dans l'amour de sa vengeance, il se contint et, se levant lentement, il ajouta :

— Je me retire.

Si Aglaé n'avait pas été intriguée, elle eût répondu : « Sortez! » mais elle tenait à savoir avec qui on la voulait marier, curiosité dont la satisfaction désirée l'obligea à retenir Paul.

— Qui me proposez-vous pour mari?

Paul regarda sa sœur comme quelqu'un qui possède un secret et ne veut point le révéler.

— Peu vous importe !

Et il fit quelques pas vers la porte.

— Ne perdons pas notre temps en vains mots; répondez, reprit Aglaé.

Paul s'adossa au fauteuil qu'il venait de quitter.

— Vous voulez savoir le nom de celui que je vous présente pour mari? Répondez seulement à cette question :

Il y avait affluence de visites et de saluts (page 15).

— Voulez-vous être marquise?

Les yeux d'Aglaé sortirent soudain des ténèbres où ils étaient plongés et reçurent assez bravement le flot de lumières dont cette proposition les inondait. Ce désir, si brusquement manifesté, en appelait un autre, qu'elle exprima encore avec une vivacité inconsciente. Elle se regarda dans la glace qui était devant elle, puis elle baissa la tête.

Paul saisit le sens de cet examen.

— Vous êtes encore belle! dit-il.

Aglaé rougit pour tout de bon. Vraiment l'imudence de son frère allait trop loin.

— Vos dents sont magnifiques! reprit le tentateur.

Cette fois Aglaé se redressa; elle comprit qu'elle laissait trop voir le côté vaniteux de sa nature, accessible à des flatteries qui l'irritaient, mais qu'elle souffrait. Cependant son trouble ne dura pas, elle se fut bientôt reconquise.

— Vous me demandez étourdiment si je veux être marquise, sans savoir si, après m'avoir vue, celui dont vous m'offrez le titre ne vous retirera point les pouvoirs qu'il vous a confiés.

Paul sourit avec fatuité et il s'empressa de donner un peu de vie à l'espérance qu'il avait fait naître dans le cœur ambitieux de l'avare vieille fille. L'objection de celle-ci ne s'accordait-elle pas avec l'espérance qu'il avait intérêt à entretenir ?

On le voit, avarice et orgueil se tiennent, se comprennent, s'entendent.

Bien qu'Aglaé devinât quelque chose de ténébreux derrière les intentions bienveillantes de son frère, la satisfaction qu'elle éprouvait à la pensée que la haine dont elle était l'objet ne l'amoindrissait point, empêcha son esprit malveillant de chercher à surprendre le secret de la conduite de Paul. L'aveuglement a divers degrés. Pour l'instant, l'idée d'être marquise l'absorba au point qu'elle ferma son grand-livre sans avoir additionné la dépense du jour.

Jamais, dans ses beaux jours, du Lac ne lui avait donné pareille distraction, distraction qui, hâtons-nous de le dire, était unique dans sa vie.

V

OU LA COQUETTERIE DOMINE L'AVARICE.

Quand, avec préméditation, Paul eut abandonné Aglaé à elle-même, en lui faisant promettre de venir rejoindre la société au salon, la quadragénaire ouvrit un petit coffret, où reposaient, depuis des années, des flacons d'essence couchés dans un lit de ouate. Elle en déboucha un fermé à l'émeri ; aussitôt un parfum suave, délicat, qui rappelait le souvenir du comte, emplit la chambre. Cette tendre émanation qui symbolisait l'amour sincère, dévoué, désintéressé du pauvre vieux fou de du Lac, n'éveilla point chez Aglaé des souvenirs qui autorisent notre comparaison. Son cœur était fermé et son odorat ne respirait que le parfum.

Pour remédier aux outrages du temps, sa coquetterie s'étala alors devant la glace qu'elle éclaira presque *a giorno*. Elle alluma six, sept, huit, dix bougies ! elle qui d'ordinaire contestait la dépense « d'un suif !!! » Une « qualité » faisait son apparition sur la scène...

Une fois apprêtée, elle se contempla attentivement et conclut qu'elle pouvait bien, à quelques pas, produire un certain effet.

Elle remarqua avec plaisir que sa taille, emprisonnée dans un corsage de velours noir, avait conservé les lignes de sa première sveltesse. Pour flatter la figure, pour donner plus de relief à la gorge, elle exhiba du fond d'un carton un fichu impératrice de valenciennes, orné de deux nœuds de ruban cerise. Elle l'ajusta avec une lenteur qui indiquait combien sa pensée était pleine d'elle-

même. Et, au moment où, par une épingle, elle fixait au corsage le dernier nœud, la porte s'ouvrit. Angélique parut.

Jamais, depuis près de quinze ans que cette femme servait Aglaé, elle n'avait vu sa maîtresse faire des frais de « soirée ». Aussi, devant cette nouveauté, ne put-elle réprimer une surprise qu'elle manifesta tout haut :

— Ces apprêts, murmura-t-elle, ne sont point pour ce M. Fontaines que mademoiselle ne regarde pas. A moins qu'ils ne soient pour ce marquis ; mais il paraît bien... jeune.

Aglaé se retourna vers la curieuse bavarde et lui dit sèchement :

— Vous êtes une impertinente !

Angélique, qui avait obéi au premier mouvement de sa pensée, se repentit de sa promptitude et fit des excuses qu'on n'écouta pas. Désolée, elle dit humblement :

— On m'envoie prévenir mademoiselle qu'on l'attend au salon.

— C'est bien !

— Faut-il annoncer mademoiselle ?

Aglaé regarda de nouveau Angélique et lui dit :

— Je m'annoncerai moi-même ; vous pouvez vous coucher.

On sera étonné après ça du servile dévouement d'Angélique pour sa maîtresse. Qu'en diront ceux qui soutiennent que ce sentiment ne naît que de la bonté sagement dispensée ?

Enfin, Aglaé, si impatiemment attendue du marquis, entra au salon. Elle se présenta avec ces façons hautaines que, dans le monde, on appelle noblesse. Elle s'inclina d'une manière toute particulière devant le marquis, sourit en saluant de la tête Fontaines, auquel elle offrit dédaigneusement deux doigts ; puis, elle s'assit avec un geste mesuré auprès de son père.

Ainsi assise, la robe de velours drapée négligemment, sur laquelle s'appuyaient ses belles mains, sortant de deux larges manches à transparent rose ; recevant la lumière de façon à lui être favorable, placée à son avantage, mise avec goût, elle étonna Fontaines par sa métamorphose et ne déplut point au marquis.

Tant de stimulants la poussaient à « paraître, » car, avec raison, elle pensait qu'il ne suffit pas « d'être. » On parla des drames alors en vogue, de Mme Ancelot ; on fit l'éloge de Mlle Mars dans le rôle de *Marie*, et naturellement de Victor Hugo. N'avait-il pas ouvert, à l'esprit, de nouveaux horizons, et, à ce moment, ne dégageait-il pas le présent du passé ? Le bruit de la lutte gigantesque avait franchi le seuil du grand Paris ; la province, qui l'écoutait, avait pour lui ses applaudisseurs et ses détracteurs.

Aglaé, on ne sait pourquoi, se posa en critique sévère de l'esprit routinier, qui « toujours tient un reliquaire d'erreurs. » Ainsi, elle tournait le dos à une partie de la société qui fronçait le sourcil devant un changement qui, nécessairement, devait en amener d'autres, étant donné que tout se tient.

La surprise fut générale, d'autant plus grande que le milieu terre à terre que la vieille fille affectionnait, n'allait guère à la littérature à coups d'ailes. En admettant qu'elle sentît ce qu'elle disait, où diable cette minutieuse ménagère, — qui allait faire du tapage à la cuisine, lorsque Marion éludait quelques-unes des lois économiques, et qui surveillait si scrupuleusement le service d'Angélique, — avait-elle trouvé le temps de s'identifier avec le nouveau grand homme?

Le secret le voici : le cœur humain a parfois des ombres qu'on ne soupçonne point ; où la maternité avait échoué, dans un autre ordre de choses, l'orgueil avait réussi. Le comte, un jour, avait parlé de la nouvelle littérature avec des dames qui la paraissaient goûter, et Aglaé se tint à l'écart, son ignorance l'effaçant de la compagnie. Elle fut profondément humiliée de son rôle passif. Alors elle lut les livres dont on avait parlé devant elle, avec l'acharnement qu'elle mettait à « accumuler ». Son obstination souleva un instant l'armature à clous rivés dont l'avarice se servait pour fermer l'accès du jour à son esprit. En compagnie du poète, elle respira l'air qui lui manquait. Alors ses yeux regardèrent le ciel bleu. Maintenant, cette métamorphose dont ne revenaient pas ceux qui la constataient était-elle l'effet de la poésie, lue par vanité; ou faut-il la rapporter au calcul ? Evidemment, le chiffre siégeait dans cette créature en roi; mais aussi n'y avait-il pas chez elle un petit coin solitaire où le bien et le beau avaient leurs entrées ? Nous pensons que si.

La soirée, déjà avancée, s'écoula rapidement. Le marquis, malgré ses préventions, était un peu subjugué. Les apprêts avaient produit leur effet. Aglaé était loin d'être une personne ordinaire, et, si elle se soutenait ainsi, lui, Victor, n'hésiterait pas à l'épouser. Sur cette réflexion, le marquis se leva. Il voulut prendre congé de M. Berton; mais Aglaé, appuyée au dossier du fauteuil du vieillard, le pria de respecter le sommeil de son père. En effet, Berton s'était endormi.

Sur le quai, Victor, qui n'avait encore rien dit à Paul de ses impressions, avoua à ce dernier que sa sœur lui plaisait.

A cet aveu, Paul réprima une envie de rire formidable, dont l'éclat eût pu compromettre l'entreprise, car le marquis craignait beaucoup le ridicule.

Fontaines, qui marchait à quelques pas des jeunes gens, ne s'aperçut de rien. Quand il les rejoignit à l'angle d'une rue, il avait encore à faire, pour rentrer chez lui, un chemin assez long, tandis qu'ils étaient à deux pas de leur hôtel.

— Nous serons chez vous à dix heures, demain matin, beau-frère, dit Paul.

Les trois hommes, après avoir échangé un cordial serrement de main, se séparèrent.

— C'est égal ! reprit Paul, la besogne marche, et avant peu, l'affaire sera bâclée !

— Quelle affaire ?

— Ton mariage !

Le marquis devint rêveur.

— Ne va pas si vite, je veux encore réfléchir. Je veux voir ta sœur au grand jour.

— Tu es un enfant, Victor. Laisse-moi redorer ton blason.

— Nous reviendrons sur ce sujet demain. En attendant, bonsoir.

VI

UN INCIDENT

Aglaé, restée seule, se tint un moment debout au milieu du salon. Son attitude passive indiquait clairement qu'elle essayait de se rendre compte de l'impression produite sur le marquis. Après un quart d'heure de cette immobilité rêveuse, elle se décida à éteindre les nombreuses bougies. Cela fait, elle s'approcha de son père dont le sommeil prolongé lui parut tout étrange. Elle l'appela; elle n'obtint pas de réponse. Elle lui toucha l'épaule, à laquelle elle imprima un léger mouvement; le vieillard ne se réveilla pas; bien plus, son corps sembla obéir tout d'une pièce à la pression qu'il recevait.

Aglaé n'était plus tendre ; cependant une certaine émotion la saisit, à la pensée que son père pouvait bien être mort. Elle s'empara du cordon de la sonnette qu'elle agita avec force.

Quelques instants après, les trois domestiques de l'hôtel se rendaient à l'appel d'alarme qu'ils avaient entendu. La grosse Marion venait la dernière; ses yeux effarés roulaient dans leur orbite comme une roue dans son cercle concentrique. Elle resta sur le seuil pendant que ses deux camarades s'avançaient auprès de leur maîtresse.

— Je ne sais, leur dit Aglaé, si mon père est vivant. Angélique, vite des sels ! Marion, venez nous aider à porter monsieur dans sa chambre. J'imagine que nous ne serons pas trop de quatre.

— Allons ! obéirez - vous, dit Angélique à la grosse fille, qui semblait ne pas avoir entendu l'ordre qu'elle venait de recevoir.

— J'ai oublié, répondit bêtement Marion, de prendre mes souliers.

— Stupide créature ! exclama Angélique, il s'agit bien de savoir si, en ce moment, vous êtes chaussée ou non ; venez !

Marion, ainsi admonestée, se résigna à entrer ; mais Antoine refusa son service, ainsi que celui d'Angélique ; il dit qu'il n'avait pas besoin d'aide. L'extrême maigreur de M. Berton justifiait amplement son refus. Il emporta donc seul le vieillard, qu'il étendit sur le lit.

Alors Aglaé fit ce qu'elle put pour rappeler son père à la vie.

Au bout d'une heure seulement, le vieillard ouvrit les yeux, mais il ne parla pas. Sa langue était paralysée.

Aglaé resta jusqu'à une heure avancée au chevet de son père ; puis, se sentant accablée par la fatigue, elle céda sa place à Angélique, qui, au lieu de veiller le malade, s'endormit.

Vers huit heures, le médecin fut appelé ; mais il ne vint voir M. Berton que dans l'après-midi, car il ne croyait son client, qu'il visitait souvent, que légèrement indisposé. Du moins, c'est ainsi qu'il s'excusa de son inexactitude.

En examinant Berton, la figure du docteur revêtit une expression de gravité et il demanda à Aglaé comment il se faisait que les autres membres de la famille ne fussent pas dans la maison.

— J'ai cru que cet évanouissement ne serait rien, répondit Aglaé, car hier soir mon père allait très bien ; il a mangé avec son appétit habituel.

Le docteur retourna vers le malade, auquel il administra quelques potions, pendant qu'Aglaé dépêchait Antoine vers la famille Berton.

Il revint dire à sa maîtresse qu'il n'avait trouvé personne.

— Qu'est-ce que vous me contez là ? dit Aglaé absente la famille Berton ! quand mon frère et son ami sont ici !... c'est impossible !

— Cependant, mademoiselle, je dis la vérité.

— Vous voulez dire sans doute qu'ils sont allés se promener ?

Antoine hocha la tête d'une façon qui signifiait : « Je ne puis vous répondre. »

Aglaé tourna autour de ce mot absence, sans y trouver un sens. Mais nous, qui savons ce qu'elle ignore, nous allons parler.

Après le déjeuner, on avait organisé une promenade à travers la ville. Renée et Angèle, — l'une heureuse de la présence d'Auguste, l'autre naïvement charmée de celle du marquis, — s'étaient

« habillées » avec une secrète satisfaction. Angèle avait posé sur ses tresses brunes un joli chapeau rose. Renée avait encadré sa belle figure d'une élégante capote blanche. Toutes les deux avaient donné à leur toilette un soin inaccoutumé : la lumière appelle la lumière.

Au grand plaisir d'Angèle, le marquis offrit son bras à Mme Fontaines ; Paul, lui, passa sans façon celui de sa belle-sœur sous le sien. Les deux plus beaux lots restaient aux maris et aux pères. Le capitaine prit avec une satisfaction visible le bras de Renée, et le bon Fontaines s'empara de celui de sa fille.

La petite caravane se mit en route, passant de préférence dans les rues pittoresques de la ville haute, où l'on n'avait pas à se préoccuper d'éviter les voitures, car, nous l'avons déjà dit, elles ne s'aventuraient pas là.

On alla ainsi en causant, et quelquefois en riant des bons « Blésiens », dont l'œil agrandi d'étonnement regardait passer ce beau monde dans leurs rues presque toujours désertes ; on alla, dis-je, à la cathédrale. Quand on habite une ville qui renferme des monuments curieux, on en fait toujours les honneurs aux étrangers.

En fait d'architecture, il n'y avait guère que le marquis qui s'y connût. Encore l'étude de cet art laissait-elle beaucoup à désirer. Cependant, à la lourdeur majestueuse du style, qui, du reste, sentait celle du siècle que cette église représentait, le nom de Mansard vint aux lèvres de Victor.

Par exemple, le style du château fut laissé de côté, on ne s'occupa que des rois et des reines qui avaient plus ou moins séjourné dans cette résidence royale. Du reste, si les visiteurs avaient ignoré certaines particularités de l'histoire, le gardien du monument se fût chargé de les leur apprendre. Il connaissait la destination de chaque pièce. Par ordre chronologique il avait, dans sa mémoire prodigieuse, classé le nom de chaque prince, de chaque princesse, et les détails de chaque fait qui se rapportaient à chacun des personnages en question. De plus, il parlait avec une volubilité qui démontrait bien que ce qu'il disait ne faisait point partie de son fond. Henri III, François Iᵉʳ, Marie de Médicis, la belle Marie Stuart, Gaston d'Orléans, le duc de Guise, Louis XII, l'impératrice Marie-Louise, etc., etc., rois, reines, princes, princesses, défilèrent en bon ordre devant les yeux des visiteurs.

La salle où le duc de Guise avait été assassiné fut l'objet d'un commentaire spécial. Le gardien montra avec assurance l'endroit du parquet qui avait été « rougi du sang d'un prince du... sang. »

Le narrateur fut si dramatique qu'Angèle, dont

les nerfs se trouvaient être fortement excités, s'évanouit presque sur l'épaule de sa mère, près de laquelle elle se trouvait en ce moment. Cet incident amena à une des fenêtres de la salle le marquis, qui accompagnait Mme Fontaines. Comme la salle était vaste et que l'embrasure des fenêtres ressemblait à un vrai boudoir, Angèle put se remettre sans troubler ni l'orateur ni ceux qui l'écoutaient attentivement.

Mme Fontaines confia sa fille à Victor, pendant qu'elle allait dire quelques mots à l'oreille de son mari. Angèle ne leva pas les yeux sur le marquis; mais combien, dans sa naïveté, elle fut heureuse des attentions dont elle était l'objet de sa part.

Mme Fontaines revint.

— Monsieur le marquis, dit-elle, je suis obligée de rester avec ma fille ; je vous prie de m'excuser.

— Madame, si vous le permettez, je vous tiendrai compagnie.

— Vraiment, monsieur le marquis, votre courtoisie m'embarrasse ; je crains que vous ne regardiez comme un devoir de vous associer à celui que la circonstance m'impose ; veuillez, de grâce, vous affranchir d'un pareil ennui. L'indisposition de ma fille lui permettra, j'espère, de retourner doucement à la maison.

— J'obéis si je suis indiscret, dit Victor.

— Non, non, dit gracieusement Mme Fontaines en montrant le sourire qui l'embellissait : non, monsieur le marquis, vous n'êtes pas indiscret.

Au bout de quelques instants, Angèle qui se trouvait mieux, en fille bien élevée, demanda à rejoindre le reste de la compagnie, en train de gravir l'étroit et obscur escalier qui menait sur un des côtés du château disposé en plate-forme.

A cette hauteur, la vallée du Cher semblait un ravin parsemé de points sombres que formaient, de distance en distance, la réunion de plusieurs arbres. La Loire elle-même ne paraissait guère plus large que le Cher. Il régnait, dans cette région haute de l'air, un courant rapide qui blessait la vue. Les robes des dames, les rubans de leurs vêtements flottaient comme des banderoles. Impossible, malgré la beauté du paysage, de rester longtemps sur ce point élevé. Du reste, Angèle commençait à se plaindre du vertige.

— Décidément, lui dit Renée à l'oreille, tu es un trouble-fête.

Angèle regarda Renée d'un air offensé.

— Enfant ! s'empressa d'ajouter Renée, ne vois-tu pas que je plaisante ?

On revint par la ville basse, changement d'itinéraire qui allongea beaucoup la promenade, déjà si longue. Les dames, bien que très fatiguées, acceptèrent sans se plaindre ce long détour.

Mme Fontaines avait, pour sa fille, laissé le bras du marquis ; elle se tenait à côté de sa belle-sœur, qui n'avait pas quitté le bras de Paul. Profitant d'un moment où Angèle et Renée s'étaient rejointes, elle demanda à son beau-frère les explications qu'il lui avait promises.

Paul, qui d'abord n'avait pas voulu dire le motif de sa présence à Blois, n'était pas plus disposé à parler maintenant qu'à son arrivée.

Son projet n'était point de ceux qu'on se plaît à répéter. Il savait qu'en le révélant, il éloignerait de lui l'estime affectueuse des deux honnêtes femmes en compagnie desquelles il se trouvait. C'est que l'influence de la droiture anéantit la ruse, du moins momentanément, et que la générosité rend la vengeance la plus obstinée honteuse. C'est l'amour-propre qui, jouant un si grand rôle dans toutes les choses de ce monde, se sent le premier atteint. Alors, on est humilié de sa petitesse, et l'on veut être bon, c'est-à-dire grand : un grand cœur n'est jamais mauvais.

D'un autre côté, en se taisant, il érigeait contre lui la persécution en droit; car la ténacité de la femme croît en raison directe du refus qu'on lui oppose. Et agir de façon à faire naître de tels ennuis n'était ni du goût, ni du caractère facile de Paul.

— Déjà parler ! dit-il en riant.

Mme Fontaines regarda son frère d'un air étonné.

— Ce mot « déjà » me surprend... à moins que la discrétion n'ordonne la remise de ton secret à une époque éloignée... Ce qui n'a pas raison d'être.

Paul s'arrêta, et se plaçant devant les deux femmes de manière à ne rien perdre de leurs gestes, il dit avec une gravité comique :

— Le marquis Victor de la Houe brigue l'honneur d'épouser Mlle Aglaé Berton.

La figure des deux femmes témoigna un étonnement spontané.

— Que nous contes-tu là? dit enfin Mme Fontaines. Des choses dépourvues de sens commun ! Un marquis, jeune fashionable, épouser Aglaé ? Tu joues à l'espièglerie avec deux mères de famille. C'est très mal, Paul.

Le jeune fou regarda froidement sa sœur.

— Où est donc l'extraordinaire de l'union que je rêve? Aglaé ne possède-t-elle pas de quoi redorer un blason ?

Mme Fontaines, et Mme Berton à cette allusion, gardèrent le silence. — Silence qui signifiait : « Le marquis déshonore son titre, et vous, mon frère, nous ne vous comprenons plus. »

— Aglaé, reprit Paul d'un ton bref et dur, a des

goûts élevés, elle a grand genre ; sa figure fera bien dans un salon style grand siècle.

Évidemment Paul, devenu sarcastique, esquissait des lignes que les deux femmes ne pouvaient saisir. Elles savaient Aglaé orgueilleuse, fort avare, mais elles repoussaient l'aveu que le sens des paroles de Paul leur livrait.

Mélanie, qui, sous la tutelle d'Aglaé, avait au moins autant souffert que son frère, trouvait bien en elle la force d'absoudre la coupable. Est-ce que Paul serait moins bien doué qu'elle ne le présumait ? On peut être léger, mais vindicatif, haineux à l'égard d'une sœur ! Malgré ses grands défauts, cela surpassait la bonne et indulgente Mélanie.

Quand la vengeance confine à l'injustice, on se sent toujours porté vers ceux qu'elle opprime : ce fut ce qui eut lieu chez Mme Fontaines. Les desseins de Paul, qu'elle entrevit vaguement, la rapprochèrent d'Aglaé, qui cependant ne lui inspirait aucune tendresse.

— Je ne vous savais pas si indulgente, Mélanie, dit Paul avec une nuance froide d'ironie. Et permettez-moi de vous dire que celle dont vous plaignez le sort futur ne pense pas à s'attendrir sur le vôtre, tant s'en faut, fût-il digne d'exciter le plus vif intérêt. Croyez-moi, faites meilleur emploi de votre compassion ; et, si l'excédent vous gêne, déversez-le sur de pauvres créatures qui en ont vraiment besoin. Songez, par exemple, à mon père dont Aglaé n'a pas toujours su faire le bonheur ; à vos enfants, qu'elle a spoliés en nous spoliant... Mais inutile de poursuivre. Ce que je dis, vous le savez. Maintenant, je vais vous poser une question, à laquelle je vous prierai en toute franchise de répondre : D'un côté, une sœur qui n'en est pas une ; de l'autre, un ami, un vrai, qui a besoin d'épouser une fortune ?

— Je regrette que vous ne continuiez pas ce que vous avez si bien commencé. Pourquoi masquer votre but pour un service ? Vous voulez vous venger, voilà tout. Et votre vengeance consiste à... ruiner Aglaé... mais êtes-vous bien sûr que vos moyens de séduction réussiront auprès de celle que vous voulez tromper ? J'en doute. Aglaé est défiante et n'agit pas à la légère.

Paul regarda attentivement sa sœur et il ajouta avec une familiarité affectée :

— Vrai, Mélanie, tu es étonnante d'esprit. Dispense-toi, à présent qu'il te semble avoir découvert la vérité, d'étendre plus loin tes inductions ; qu'il te suffise de savoir que ce mariage se fera, si le marquis le veut. Je vais plus loin. Je t'autorise à rapporter notre entretien à Aglaé.

— Tu es un fat. Autrefois, tu me semblais moins présomptueux.

— Ma fatuité se réduit à cette vérité que je livre a tes méditations : c'est qu'Aglaé, quoi que tu dises, ne te croira pas.

La franchise de Mme Fontaines fut mortifiée.

— Ta susceptibilité s'offense encore mal à propos, dit Paul d'un ton moqueur ; voyons, petite sœur, écoute : Aglaé, t'ai-je dit, ne te croira pas, voici pourquoi : c'est que toujours, d'après elle, elle jugera ton intervention intéressée, et tout ce que tu lui diras produira juste le contraire de ce que ta bonne foi serait en droit d'obtenir. Aglaé, hélas ! est un gros chiffre.

— Si l'on ne peut rien pour elle, il ne faut alors rien faire contre elle.

Mme Fontaines avait à peine achevé ces mots, qu'elle vit Angèle accourir vers elle. La mère s'émut de cette précipitation et marcha au-devant de la jeune fille, pour savoir plus vite ce qui motivait cette course au clocher. Elle apprit qu'Antoine, que MM. Fontaines et Berton avaient rencontré en tournant le pont, venait de prévenir ceux-ci que M. Berton père allait au plus mal.

Mme Fontaines revint communiquer la nouvelle à Paul et à sa belle-sœur, et, confiant au marquis et à Auguste, Renée et Angèle, les deux couples entrèrent à l'hôtel, devant lequel ils se trouvaient en ce moment.

Ce n'était point par hasard que la famille Berton avait rencontré Antoine. C'était Aglaé qui l'avait envoyé. Au moment où la vieille fille entrait dans sa chambre pour y prendre un objet dont elle avait besoin, en passant devant l'une des fenêtres ouvertes, elle vit sur le pont deux groupes qui attirèrent son attention. Elle les examina avec sa longue-vue et reconnut toute sa famille, augmentée de la présence du marquis. La figure de ce dernier, qui causait avec Renée et Angèle, lui sembla bien joyeuse ; alors elle posa avec dépit sa jumelle et s'assit hargneuse à l'écart. Ce n'était pas précisément qu'elle fût jalouse ; sa nièce ne pouvait prétendre au marquis. Mais elle était en proie à l'agacement qu'on éprouve quand on voit un objet qui plaît au milieu d'autres qui déplaisent. Cependant, nous pensons qu'elle ne nourrissait pas de haine contre Angèle, qu'elle ne regardait point ; encore moins contre Renée qu'elle n'avait qu'aperçue. Les deux enfants n'étaient jamais allées à l'hôtel, — leur grand-père venant deux fois par semaine dîner chez M. Fontaines.

Mais elle haïssait, par exemple, de tout son cœur le capitaine, Valérie sa femme, et Auguste le fils. De cette haine, nous n'en dirons rien. Le prologue l'a expliquée aux lecteurs.

Comme elle évitait Jean avec un soin réellement jaloux, elle attendit que lui et les siens fussent partis avant de retourner auprès de son père.

Pour tromper le temps, elle voulut remettre un peu d'ordre dans sa chambre. Mais à peine avait-elle commencé la besogne que sa porte, qui n'était qu'entre-bâillée, s'ouvrit brusquement toute grande, et, grand Dieu ! qu'aperçut-elle ? La tête pâle et énergique du capitaine.

Cette vue déchira le voile de vingt années. Elle se vit encore dans la salle du château abandonné, où son amour-propre — nous ne dirons pas son cœur — avait été si horriblement flagellé. Mais ce trouble humilié ne dura que le temps qu'un rond met à se former sur l'eau. Elle étouffa un cri de terreur ; sa main défaillante lâcha l'objet qu'elle tenait ; de ses lèvres blêmes, à force d'être serrées, elle balbutia :

— Mon père, que je viens de quitter à l'instant, va-t-il plus mal ? Je ne puis m'expliquer autrement votre présence ici.

Jean, armé de l'autorité d'un juge, regardait froidement Aglaé. Il répondit doucement :

— Venez empêcher votre vieil amant, qui est là (il indiquait l'antichambre), d'entrer dans la chambre de mon père. Que la présence de cet homme ne souille pas la vue d'un mourant !

Non, jamais hache de bourreau ne causa torture plus atroce que cette phrase, dénotant un mépris sans pitié pour la misérable Aglaé. Elle essaya de se redresser sous le coup ; mais le regard implacable que Jean tenait serré sur elle la rendit immobile.

— Ne vous êtes-vous point assez vengé ? dit-elle d'une voix creuse et en enfonçant ses ongles dans le bois du fauteuil, où machinalement elle s'était cramponnée ?

— Assez vengé ? répliqua Jean, assez vengé dites-vous, misérable créature ? Vous êtes-vous jamais lassée de me faire rougir ? Avez-vous mérité qu'on vous laissât en paix ? Oubliez-vous que depuis vingt ans, par mon silence, j'entretiens votre honte ? Assez vengé ! dites-vous ? assez vengé ! Ah ! taisez-vous ! mon cœur déborde d'amertume et de dégoût !

— Jean... dit Aglaé affolée, je...

— Ah ! par grâce, interrompit le capitaine, ne m'appelez pas Jean ; je vous appelle madame, appelez-moi monsieur... vous m'avez entendu ? Venez.

Aglaé, hébétée, obéit. Sans voix, sans pensée, en un mot terrassée, elle alla rejoindre du Lac dont la vue rappela l'humiliation horrible qu'elle venait de subir. Alors sa colère, suspendue par l'effroi, reprit son cours ; son indignation contenue éclata.

— Êtes-vous content ? dit-elle au malheureux d'une voix que la rage suffoquait ; vous avez provoqué une scène ineffaçable entre Jean et moi. Eh bien, est-ce que j'en verse assez de larmes pour vous ? Ai-je dans ma vie assez souffert ? Pourquoi êtes-vous venu aujourd'hui ?

— Mais je ne savais pas, dit le comte éperdu, que cet homme fût ici.

— Vous ne saviez pas ? beau prétexte ! belle excuse ! Est-ce que, pour savoir, vous ne pouviez pas vous informer auprès d'Angélique ?

— C'est vrai, répondit le comte humblement ; mais, chère Aglaé, ne me punissez pas d'un oubli involontaire... M'autorisez-vous à châtier l'insolent ?

Aglaé haussa les épaules.

— Vous parlez de châtier à votre âge ?

— C'est toujours le reproche que vous m'adressez. Non, ajouta le comte d'un air piteux, je ne suis plus jeune, mais mon bras est encore assez fort pour vous défendre.

Aglaé dédaigna de répondre. Cette sénile ardeur la mettait hors d'elle-même.

— Acceptez-vous ? supplia du Lac.

— Eh bien ! dit-elle avec dureté, quand vous vous serez battu, est-ce que vous empêcherez qu'on me haïsse, qu'on me méprise ? Ce sont ces deux choses qu'il faudrait tuer. Le pouvez-vous ? Où prendrez-vous des armes pour les atteindre ?

— Que vous êtes cruelle ! vous avez encore le cœur de me railler... Me railler ! moi qui t'aime... moi qui...

— Taisez-vous ! dit Aglaé, qui songeait aux moyens de rompre avec ce vieillard imbécile.

— Aglaé, je vous ai souvent offert l'indépendance ; vous l'avez toujours refusée, pourquoi ?

— Pourquoi ? vous demandez pourquoi !... Parce que l'indépendance que vous me vouliez donner valait moins que ma dépendance actuelle.

— C'est bien dur à entendre ce que vous dites !

— C'est la logique des positions fausses.

Du Lac poussa un long soupir.

— Ne m'accablez pas ; vous le voyez, l'humiliation que vous venez d'essuyer me brise ; cette pensée et un souvenir font que...

Il n'acheva pas. Aglaé était venue se planter droite devant lui, et, le regardant avec un effroi plein de colère, elle lui dit lentement :

— Vous m'aviez promis à ce sujet un éternel silence.

Le comte, devant le courroux de sa maîtresse, refoula sa pensée comme la digue refoule de la plage le flot amer. Ce regard, dur et froid, le jetait dans des terreurs enfantines.

Au moment du fait qui maintenant était un souvenir, la colère, l'indignation avaient eu raison de sa faiblesse. Aglaé courbait la tête quand elle s'entendait dire :

— Penser que, pour garder l'innocente créature, vous n'ayez pas dit un mot. Et ce mot, on vous le demandait !... Oui, vous avez abandonné votre enfant !

— Une enfant sans nom, soupirait Aglaé. Vous oubliez aussi que sa présence eût été à chaque instant pour moi, la confusion, les remords et pour les miens une arme vengeresse !... Vous êtes vraiment sans pitié !...

Que faisait le comte après de telles paroles ? On le devine ; il consolait l'affligée, et, à la longue, cet amour ardent du père s'était assoupi. Aglaé avait repris son ascendant d'autrefois.

Pour que le comte osât reparler de ce qu'il avait promis d'oublier, il avait fallu le choc brusque des violentes impressions qu'il venait d'éprouver. Mais ce silence, de nouveau si durement imposé, lui parut plus que d'habitude lourd à garder. La maladie mortelle de M. Berton dont il était le lâche et déloyal ami, avait fait sortir sa raison de l'engourdissement où elle était plongée. Il était vieux, lui aussi. Il pouvait être bien portant aujourd'hui et en danger de mort demain.

Demain ! est-ce qu'il y a un demain quand on marche dans l'ombre que projette la tombe sur le chemin de l'âge ? Non. Dans cette disposition nouvelle, une idée, qui en était le complément, lui vint, celle de demander au terrible capitaine ce qu'il avait fait de « l'enfant ».

En baisant la main froide d'Aglaé sur le seuil de l'antichambre, au moment où d'elle il prenait congé, il était plein de cette pensée qui ébranlait son être jusque dans ses profondeurs. Émotion sublime, touchante, qui faisait en pitié prendre le coupable. Des larmes tombèrent lentement sur ses joues creuses et le mot « misérable » vint à ses lèvres.

Sa résolution de parler à Jean était ferme, mais les moyens de parvenir jusqu'au capitaine lui parurent bien difficiles. Cependant, il voulait, sinon revoir son enfant, — espérance trop douce pour lui, — du moins savoir si elle vivait, et la mettre, puisque cela lui était possible, à l'abri de la misère.

VII

LE COMTE S'AMENDE

Le vieillard, affaissé par les remords et la honte, sortit de l'hôtel d'un pas lent et inégal. Pour ne pas être troublé dans ses réflexions, il voulut rentrer chez lui à pied et renvoya sa voiture qui l'attendait sur le quai.

— Je veux parler à Jean, se disait-il, oui, je lui parlerai. Mon intention, quoique tardive, est bonne. J'aurai le courage de la lui exposer ! Cet homme implacable est père ; sur le premier moment, il sera pour moi dur, inexorable. Mais, en lui parlant, au nom de *son fils*, il me comprendra, il m'entendra. Qu'il me méprise, c'est bien. Mais qu'il réponde à la question que je lui adresserai. Je lui dirai simplement que je ne veux pas mourir désespéré et il me parlera.

A cette pensée, un faible espoir se glissa dans le cœur de du Lac au sujet de la préoccupation unique de sa vie. En ce moment il se sentait libre, par conséquent résolu. Il oubliait l'asservissement dans lequel la sœur de Jean le tenait plongé. Mais il ne tarda pas à s'en souvenir quand, inconsciemment, il se dit qu'il ne devait de ses desseins rien laisser pénétrer à Aglaé, qui en empêcherait pour sûr l'exécution.

Cependant son désir était naturel, légitime, et il ne comprenait guère qu'il ne fût pas partagé de celle qu'il lui répugnait d'accuser. Il avait tant aimé ! Pourtant, il aimait tant encore cette créature qu'il trouvait tout naturel de se regarder comme seul coupable ! Et le coupable ne se relève qu'en réparant, dans la mesure du possible, ses fautes.

La flétrissure de sa conduite était pour le comte ce que la marque infamante est au forçat qui, entouré d'un public nombreux, revient au sentiment commun de la justice et de la vérité. Du Lac profita de ce retour sur lui-même pour écrire ses dernières volontés, en cas d'accident, et il s'enferma dans son cabinet.

Au moment où il accomplissait l'acte réparateur de sa faute, Aglaé, sombre, irritée, ne pouvait prendre son parti de l'horrible scène que Jean lui avait faite. Son orgueilleux amour-propre en avait été flagellé jusqu'au sang. Ah ! pour se venger de ce Jean, de ce frère qui lui était odieux, elle n'eût à ce moment reculé devant rien ! Une poursuite sans relâche d'un mépris de vingt ans justifiait amplement sa vengeance.

Comment désarmer ce juge ? Comment se débarrasser de ses étreintes sans pitié ? Ses exigences dépassaient pour Aglaé la mesure du possible. Rompre avec le comte ? Sa nature se refusait à donner satisfaction à son frère. Secouer ses liens, Les maudire ? Oui. Les rompre ? Non.

Cette effroyable existence, agitée sous sa face secrète par un combat de tous les instants, eût excité la commisération d'un véritable observateur. On reprochait à cette femme ce qu'il serait absurde de reprocher à l'aveugle, c'est-à-dire la perte de la vue. La cécité de l'âme équivaut pourtant à celle des yeux. Aglaé, dans les ténèbres où elle s'apla-

Madame Fontaines et Aglaé.

tissait, trouvait ordinaire ce qui était monstrueux. Ah! plaignons, sans les maudire, ces difformités morales, comme nous plaignons les difformités physiques. Les méchants, amis lecteurs, vous l'avez compris, ne sont que des aveugles, des sourds, des ignorants.

Est-il possible d'être méchant, quand la lumière inonde toute la créature? Non, car, si l'on voit clairement les abîmes que côtoie le chemin du vice, on se gardera bien d'un écart. Quand, dans la créature, il n'y aura plus d'ombre, il n'y aura plus de vice.

Les colères concentrées, l'impuissance désespé-

réc, la fatigue des veilles prolongées au chevet de M. Berton, avaient en peu de temps changé Aglaé. Sa peau sèche ressemblait à un lingot d'or, et le paradoxal Paul disait :

— Si ma sœur symbolise autant ce qu'elle aime, je crains bien que Victor, — qui de ses « ruines » a gardé un agréable souvenir, — ne revienne sur son impression première, quand il reverra au grand jour celle qu'il veut épouser.

Paul ne put garder pour lui le résultat de ses observations. Avec un divertissement secret, il en fit part à Aglaé.

Cette malice, ainsi que l'intention de son auteur le désirait, piqua Aglaé.

— Ne dirait-on pas, dit-elle avec aigreur, que je suis à la merci de votre marquis ? Il me semble cependant ne vous avoir pas encore dit que je serais heureuse de l'épouser.

— Je vous répète, dit Paul sans répondre à l'objection, qu'il dépend de vous d'être madame de la Houe. Victor m'a dit que vous lui plaisiez.

Aglaé imita son frère, elle laissa cet aveu sans réponse. Montrant ensuite le lit de son père, elle dit :

— De pareils propos, à ce moment, sont déplacés, et d'ailleurs je veux réfléchir, m'informer.

— « Réfléchir ? » objecta mentalement Paul ; à son âge, y pense-t-elle ?... S'informer ? de quoi s'il vous plaît ? De l'état civil, de la fortune du marquis ?

La figure de Paul alors s'assombrit.

Gagner du temps c'était, en fin de compte, ce qu'Aglaé avait résolu.

Cette détermination prise, avant que le triste espoir d'un deuil vînt l'appuyer, fut maintenue par la mort de M. Berton. Aglaé alors n'avait plus besoin d'inventer de prétexte pour demander un délai. Celui que malheureusement elle était, en cas d'indiscrétion, prête à invoquer, n'était que trop concluant.

Dans l'hôtel devenu solitaire, elle put à son aise réfléchir à son titre ambitionné ; car les relations que les Fontaines et les Berton entretenaient avec elle furent rompues aussitôt après la cérémonie funèbre.

Cette mort fit naître des craintes dans son esprit ; elle pensa, avec une préoccupation pleine de terreur, qu'une des raisons qui engageaient Jean à se taire était détruite... Cependant, celles qui restaient s'imposaient assez d'elles-mêmes pour maintenir un silence que, pour rien au monde, la vieille fille n'eût voulu voir rompre.

VIII

UNE DÉCOUVERTE

Victor, pour ne pas être un trouble-douleur, résolut d'aller dans la Sarthe visiter un de ses parents. Il dit à Paul, qui voulut le retenir, que son absence serait courte. Cette détermination rendit Paul soucieux. Aglaé demandait à réfléchir ; l'épouseur prétextait une visite : de part et d'autre, n'y avait-il pas lieu de soupçonner un secret éloignement ?

Comme ce que pensait Paul était bientôt sur ses lèvres, il fit part de ses soupçons à son ami. Victor répondit qu'il n'avait pas changé d'avis ; que souvenir d'Aglaé, chez lui, « se maintenait agréablement » ; mais, qu'au milieu d'un deuil général il se considérait comme importun.

Paul se montra satisfait de cette réponse. Et annonça le départ du marquis à sa famille.

Celle-ci, malgré son chagrin, voulut témoigner Victor de sa sympathie ; Fontaines offrit au marquis le dîner d'adieu.

Bien que l'accueil des Berton fût cordial, il régna pendant le repas, un malaise, dont Victor avait hâte de se débarrasser.

Mais la diligence ne devant partir qu'au bout d'une demi-heure et la maison Fontaines n'étant qu'à dix minutes du bureau, il fallut que Victor se résignât à passer au salon les vingt minutes de grâce.

Paul trouva alors le moyen de mettre un peu d'animation et d'entrain dans la réunion ; il laissa échapper ce qui attendait le marquis à son retour.

Madame Berton et madame Fontaines réprimèrent une envie de rire, car elles ne croyaient pas à ce qu'elles appelaient « une absurdité » ; Fontaines parut étonné, et le capitaine, lui, fronça ses gros sourcils. Il était facile de voir qu'il n'approuvait point le projet de son frère. Angèle, en entendant de tels propos, lâcha en tressaillant la main de Renée qu'elle tenait dans la sienne.

Alors Renée leva vers sa sœur ses beaux yeux bruns et inquiets, et remarqua qu'Angèle était d'une pâleur extrême. Que signifiait cette agitation ? A quoi l'attribuer ? Pour en savoir la cause, il fallait attendre que le marquis fût parti. Sous les yeux des deux mères, il n'était pas permis de se parler à l'oreille. Renée consulta la pendule dont l'aiguille marquait l'heure du départ. Victor se leva, tout le monde fit comme lui : Renée respira.

Le marquis, après avoir pris congé des jeunes filles, sortit escorté du reste de la société.

Alors Renée, prévenant l'intention d'Angèle, emmena celle-ci dans sa chambre.

La jeune Angèle y était à peine entrée, que ne pouvant plus modérer son chagrin, elle se mit à sangloter.

— Pourquoi pleures-tu, ma chérie ? demanda naïvement Renée.

Angèle, d'abord, ne répondit pas. Enfin, appuyant son front brûlant sur l'épaule de Renée, elle murmura :

— Je l'aime !...

— Qui aimes-tu ? dit tendrement Renée.

Angèle fut si étonnée de cette question, qu'elle se redressa presque offensée, et, regardant Renée d'un air surpris, elle dit :

— Depuis un mois, tu n'as donc rien vu ?

— Je t'ai vue rire, plaisanter avec Paul : est-ce lui que tu aimes ?

Angèle, cette fois, fut réellement blessée du peu de clairvoyance de Renée ; elle avisa une chaise et alla s'y asseoir.

Renée, confuse, la suivit.

— Alors, c'est le marquis que tu aimes ? Je t'avoue que je ne m'en serais jamais doutée. L'idée que tu pusses t'éprendre d'un marquis ne m'était pas venue.

— Marquis ou paysan, est-ce que je m'occupe de cela ? je l'aime, voilà ce que je sais, ce que je puis dire. Et je ne veux pas qu'il épouse ma tante, comme Paul le lui conseille. — Renée, moi, je n'ose, vois-tu ! — Dis à Paul qu'il fera mon malheur s'il persiste à donner suite à son projet. Fais pour moi ce qu'en pareille circonstance, pour toi je ferais.

Et Angèle, les yeux ruisselants de larmes, les joues brûlantes, entourait de ses deux bras le cou de Renée qu'elle étreignait.

Essayer en ce moment de raisonner Angèle, il n'y fallait pas songer ; lui laisser sa croyance, — croyance adorable de naïveté, — consistant à investir Renée d'une puissance qui pût réaliser ce que désirait l'ignorante enfant, c'était ce qu'il y avait de mieux à faire.

Renée le fit.

Alors la figure d'Angèle se rasséréna. Et, pour effacer les traces des larmes, Renée invita sa sœur à tremper son charmant visage dans une cuvette d'eau fraîche qu'elle lui présenta.

Quelques instants après, Mme Fontaines rentra seule. Ne trouvant point ses filles au salon, elle les appela. Elles descendirent et apprirent que Paul était parti avec le marquis.

Un désappointement très vif se montra sur la figure d'Angèle.

La démarche que, sur l'heure, Renée devait tenter auprès de Paul allait donc être ajournée ! Différer quand il était urgent d'agir de suite ! Est-ce qu'à son retour le marquis ne devait pas épouser Aglaé ?

Angèle, de nouveau désespérée, s'assit à l'écart, pendant que Renée, pour cacher l'émotion de sa sœur, causait avec celle qu'elle appelait sa mère.

Mme Fontaines quitta bientôt ses filles pour aller s'assurer si la femme de ménage avait mis tout à sa place dans la salle à manger.

Après son départ, Renée s'approcha d'Angèle et lui dit :

— Tu veux donc que « maman » s'aperçoive de ta tristesse ?

— Non, non, dit vivement Angèle, je ne le veux pas, cela la désolerait trop.

— Cependant si, en revenant, elle t'observe, elle ne manquera pas de te demander la cause de ta pâleur, et il faudra la lui avouer.

— Jamais ! dit Angèle avec résolution.

— Jamais ! que dis-tu ? Tu lui ferais à « elle » un mensonge ?

Angèle rougit et regarda sa sœur avec une terreur naïve.

— J'espère bien ne pas être obligée de mentir.

— Non ; si tu mets à rappeler ton courage la résolution que tu veux mettre à garder ton secret. Le peux-tu ? essaie.

— Je goûte fort tes conseils, ma bonne Renée ; mais l'envie que j'ai de me laisser aller à mon désespoir l'emporte sur le désir que j'ai de les suivre... Je suis à ce moment brisée. Regarde si « maman » en a encore pour longtemps à ranger les couverts ; sinon pour me remettre, nous descendrions au jardin.

— Je vais plutôt l'avertir que nous allons un instant nous reposer sous le berceau. Ne trouves-tu pas cet avis plus simple ?

Angèle fit de la tête un signe approbateur.

— N'y restez pas longtemps, dit Mme Fontaines, l'air est un peu vif ce soir. Angèle, mon enfant, mets ton *scapulé*.

Renée couvrit sa sœur comme la mère le désirait, et les deux jeunes filles sortirent.

La lune, déjà haute dans le ciel, où les étoiles venaient pointer une à une, éclairait une partie du jardin.

L'aspect fantastique que les objets revêtaient sous les rayons de l'astre nocturne, sollicita l'attention d'Angèle qui, au fur et à mesure qu'elle marchait, sentait ses sens se calmer. Son exaltation était tombée, quand Renée lui demanda si elle était remise.

— Je me sens plus forte ; mais, pour garder ma force, je suis obligée de me dire que Paul reviendra bientôt.

— Sans doute il reviendra bientôt. Demain peut-être.

Afin de préserver sa sœur d'une nouvelle faiblesse, Renée crut bien faire de répéter qu'aussitôt l'arrivée de Paul, elle parlerait confidentiellement à ce dernier.

L'espoir, que la déception causée par le départ imprévu de l'insouciant jeune homme avait éteint chez Angèle, se ranima à cette promesse. Déjà elle se tenait plus droite, sa figure était moins triste, et elle rentra presque joyeuse. Les topiques de Renée avaient produit leur effet.

L'illusion est chose douce. On vit de mots ; on s'endort, on se réveille avec eux. Ils personnifient le désir, et, le désir, qu'est-ce, sinon l'arc-en-ciel de la chimère, fumée que l'imagination teint de ses feux? Mais qu'importe? Avec ce nuage, on vit souvent heureux dans l'âge des rêves. N'est-il pas la consolation du pauvre et du naïf? L'un ne possède-t-il pas les millions qu'il envie à son voisin? L'autre ne tient-il pas pour réelles les images enchanteresses qui se pressent en foule dans son cerveau, parce qu'il croit ce qu'il désire?

Angèle, durant plusieurs jours, vécut de tout cela. Cette fiction, qui la contentait, fut entretenue par Renée. Mais à tout il y a une fin; son inquiétude la reprit. Elle eut des tristesses qui la prenaient sans raison et qui la laissaient sans cause. L'absence de Paul se prolongeant toujours, elle s'avisa d'en vouloir à Renée qui lui avait annoncé le prochain retour de son oncle.

Mme Fontaines ne s'aperçut de l'état de sa fille qu'à la visible répugnance que celle-ci manifestait quand il s'agissait de se mettre à table.

— Eh bien! disait la mère, qu'est-ce que cela signifie? Il faut te prier maintenant pour déjeuner ou dîner?

Ces petites scènes avaient attiré sur la jeune réfractaire l'attention des deux époux. Angèle avait perdu l'appétit et elle n'était plus gaie. Il fallait moins de motifs que ceux que nous indiquons pour alarmer la sensible Mélanie. Angèle eut alors à subir un long interrogatoire, dont elle se tira par un « non » répété.

Mme Fontaines, inquiète, essaya de faire parler Renée, qui ne lui dit rien non plus. Elle resta, en présence de cette double discrétion, très désappointée. Elle songeait à renouveler ses essais, en employant des moyens pour les rendre fructueux, quand le facteur apporta une lettre qu'il remit à Renée et que celle-ci transmit à sa mère adoptive en disant :

— Je reconnais l'écriture de Paul.

Mélanie, qui parlait en ce moment à Angèle, fut frappée de l'effet que les paroles de Renée produisaient sur sa fille qui rougit et dont les yeux s'animèrent. La mère fut prise d'un soupçon soudain. Le trouble d'Angèle lui parut significatif. Le front de Mélanie s'assombrit... Elle, Angèle, cette naïve enfant, aimer son grand mauvais sujet d'oncle! quelle fatalité!

Mme Fontaines, accablée de sa découverte, tenait la lettre sans l'ouvrir, quand Angèle lui dit.

— Eh bien! maman, à quoi penses-tu? Tu gardes comme une relique cette lettre, dont nous attendons tous la lecture avec impatience.

Cette audace étonna la mère qui, ainsi interpellée, jeta à sa fille un regard empreint de douleur et de compassion ; puis elle retourna lentement la lettre qu'elle décacheta.

Paul disait que, le soir de l'arrivée de sa lettre, il serait à Blois; que le retard de son retour provenait de l'indécision de Victor, qui ne savait s'il resterait dans la Sarthe encore quelque temps ou s'il reviendrait à Blois avec lui. En somme, s'étant décidé pour la première alternative, Paul revenait seul.

Mme Fontaines plia la lettre et, de nouveau, regarda Angèle qu'elle vit échanger un regard d'intelligence avec Renée. Ce qui, pour ainsi dire, confirma les soupçons de Mélanie, c'est le souvenir de toutes les attentions de Paul pour Angèle et de toutes les gentillesses de celle-ci pour son oncle.

Mélanie parut préoccupée le reste de la journée. Ce ne fut seulement que vers le soir qu'elle retrouva un peu de calme. Après le dîner, elle engagea son mari à conduire chez Mme Berton Renée et Angèle.

Paul arriva dix minutes après le départ du père et des filles. Contre son habitude, Mélanie ne se dérangea pas. Le jeune homme ne remarqua point cette froideur ; il s'annonça comme une personne très fatiguée, qui a passé plusieurs nuits sans dormir ; il venait embrasser « tout le monde » ; puis il allait aussitôt regagner sa chambre.

Ces dispositions « au repos » laissèrent Mme Fontaines insensible. Elle retint son frère qui, bâillant à se démonter la mâchoire, lui répondit :

— Je suis brisé, rompu ; je n'entendrai rien. Attends à demain matin.

— Moi aussi, je suis brisée, rompue.

Paul s'assit, ou plutôt s'allongea sur le canapé et regarda sa sœur qu'il semblait ne plus reconnaître à ce langage.

— Tu n'es pourtant pas taillée pour le tragique?

— Fais-moi grâce de tes fades plaisanteries.

— Oh ! oh !

Et le jeune homme ouvrit de grands yeux étonnés.

— J'ai, continua Mélanie, découvert ton intrigue... et...

Paul se redressa soudain, et, interrompant sa sœur:

— Hein?... plaît-il... une intrigue? As-tu perdu la raison? ou bien est-ce que tu rêves?

— Eh quoi, tu mentirais aussi effrontément?

— Voyons! veux-tu me dire de quoi il s'agit? De quoi m'accuses-tu?

— De te laisser aimer d'Angèle.

Paul regarda sa sœur et partit d'un franc éclat de rire.

Mélanie, immobile, le contemplait avec stupéfaction.

— Parole d'honneur, *petite sœur*, tu as perdu la

tête. Pourquoi Angèle n'aimerait-elle donc pas son oncle, qui l'aime bien?

— Ne plaisante pas, reprit Mélanie, ce sujet est grave. Angèle t'aime d'amour. Tu comprends mes angoisses... en songeant qu'un homme comme toi peut devenir le mari de ma fille.

— C'est très flatteur pour moi ce que tu dis là!

— C'est la vérité. Une vie épuisée ne convient pas à une vie neuve. Un débauché de dix ans n'a pas droit à l'amour d'une vierge. Tout le monde ne pense pas comme moi, je connais des mères moins sévères; mais ces exemples ne changeront pas ma manière de voir. Allons, en deux mots, dis-moi que tu fuiras cette folle, cette naïve enfant!

— Je te dirai simplement que ton esprit fait fausse route; Angèle m'aime comme on aime un *grand papa*, moi, j'aime ta fille comme je dois l'aimer. Fais-moi grâce de ta morale et bonsoir.

Mélanie, confuse de sa méprise, car il était impossible de ne pas ajouter foi aux paroles de son frère, tant l'attitude du mauvais sujet les confirmait, ne trouva, sur le moment, rien à répondre.

— Ah! les provinciaux, dit Paul en s'en allant, comme ils sont singuliers!... Ils ne croient qu'à la constance de l'unité! Me prendre pour un épouseur, moi, qui abhorre le mariage! Pauvre Mélanie!...

IX

COMPLICATIONS

Si l'anxiété de Mme Fontaines avait fait fausse route en s'arrêtant sur Paul, elle pouvait alors avoir raison d'être à l'égard du marquis. Et l'inquiétude de la mère se porta tout entière de ce côté.

Elle chercha dans les faits récents un indice révélateur, mais elle ne trouva rien.

Cependant, Angèle aimait....

Mélanie dormit mal; le sort d'Angèle la préoccupait trop. Quand Fontaines, auquel elle n'avait pas voulu faire part d'aussi vives inquiétudes, fut parti pour son bureau, elle résolut cette fois d'ordonner à ses filles de parler.

Elle rencontra, sur le seuil de la porte de sa chambre, Renée qui lui dit:

— Maman, j'allais chez vous.

Cette visite matinale présageait une confidence, et Mélanie espéra voir mettre en lumière l'objet de ses tourments.

— Maman, dit Renée, me permettez-vous de sortir?

— Et où veux-tu aller?

— Ne me le demandez pas, répondit Renée d'un air confus. La discrétion à ce sujet m'est recommandée.

— Je désirerais bien savoir pourquoi, mes enfants, vous manquez de confiance en moi. C'est comme toi, Renée, tu as refusé de me dire la cause de la tristesse d'Angèle, et tu la connais cependant. On ne se joue pas ainsi des angoisses d'une mère!

— Pardonnez-moi, chère maman, mais ce secret n'est pas le mien, et Angèle, à qui il appartient, ne veut pas que je vous le confie.

— Quel enfantillage! et pourquoi cette petite folle veut-elle me laisser dans l'ignorance?

— Pourquoi? elle ne le sait pas sans doute elle-même. Elle craint ou votre désapprobation ou un accueil moqueur... Je ne m'explique pas autrement sa défense.

— Elle aime le marquis, n'est-ce pas? dit Mélanie avec une anxiété profonde.

Renée, à cette question, parut fort embarrassée. Enfin elle répondit:

— Permettez-moi de sortir; à mon retour, je vous dirai tout.

— Je te le permets, dit Mélanie, en retombant dans ses pensées.

— C'est bien le marquis qu'elle aime, ajouta mentalement la mère. Il est pénible de m'avouer qu'en cette circonstance j'ai manqué de perspicacité.

Pendant que la bonne Mme Fontaines s'adressait ces reproches, Renée entrait chez Paul, qui fit une grimace en voyant la jeune fille; car il se souvenait de son entretien de la veille avec sa sœur.

Renée était plus réservée avec Paul que ne l'était Angèle avec lui. Était-ce par nature? ou bien était-ce qu'elle ne se croyait point la nièce du jeune homme? La dernière alternative paraît être la vraie. Elle ne le tutoyait pas, et l'on sentait son malaise lorsqu'elle l'appelait « oncle ».

— Monsieur...

— Monsieur! interrompit Paul, pourquoi m'appelles-tu monsieur?

Renée rougit; puis elle dit:

— Le motif qui m'amène auprès de vous, mon oncle, le voici: Angèle aime M. le marquis. Et la pensée que vous voulez le marier avec ma... tante la rend folle. Je viens, en son nom, vous prier d'empêcher le mariage projeté.

Renée dit cela d'un ton sérieux, avec un sang-froid admirable. Paul n'en revenait pas. Il pensait qu'une jeune fille sans expérience est d'une naïveté bien résolue, quand elle sort de son cercle ordinaire. Voilà une grande personne de vingt ans qui trouvait naturel de dire à l'ami de celui que sa sœur aimait: « Angèle veut épouser le marquis, donnez-le lui. »

— Est-ce que maman Mélanie sait ce que tu es venue faire ici, chère Renée ?

— Non, répondit celle-ci.

— Eh bien ! retourne dire à ta « petite sœur » qu'elle est folle.

Renée regarda le jeune homme avec un mélange de reproches et d'étonnement.

— Tu ne comprends pas, dit Paul, qu'il ne suffit pas que ma nièce aime Victor ?

— Je comprends qu'il faut que le marquis aime Angèle.

— Juste.

— C'est lui qui vous a dit qu'il n'aimait pas Angèle ?

— Victor veut épouser Aglaé.

— Angèle, alors, mourra...

Paul sourit.

— Cette passion passera comme elle est venue.

— Mon oncle, vous vous trompez ; je connais ma sœur.

— Cependant, Angèle, pour plusieurs raisons, doit renoncer au marquis. Du reste, je lui parlerai.

— Non, dit vivement Renée, vous la tueriez. Elle est déjà bien changée. Vous ne l'avez pas encore vue ? Eh bien, vous la verrez.

— Elle est malade ! demanda Paul avec sollicitude.

— Malade, ce n'est pas le mot. C'est de l'inquiétude qu'elle souffre.

— Le marquis est ruiné, dit Paul... Et sur le reste, je me tais.

— Tant mieux ! répondit Renée.

— Pourquoi tant mieux ? exclama Paul tout surpris.

— Parce qu'une idée m'est venue.

— Dis-la.

— Oh ! non.

— Renée !

— Je ne veux rien dire.

Et la jeune fille se leva.

— Attends-moi, je vais te reconduire.

— Non.

— Non ! dit Paul qui avait déjà passé un bras dans son pardessus. Non ! et pourquoi ?

— Parce que je vais où vous ne pouvez aller.

Renée, sur ces mots, sortit, laissant Paul stupéfait.

XI

RENÉE CHEZ AGLAÉ

Renée descendit l'escalier en courant. Arrivée dans la rue, elle ne ralentit presque pas sa marche précipitée. Elle s'étonnait elle-même de l'idée hardie qui lui était venue et qu'elle exécutait avec la promptitude de la conception.

Une fois sur les quais, elle leva ses grands yeux craintifs sur l'hôtel Berton qui, avec tous ses volets fermés, avait l'air ensommeillé. Quand elle fut devant cette riche demeure, une certaine hésitation se manifesta dans ses mouvements.

A quel titre se présenterait-elle dans cette maison avec laquelle toutes relations avaient été rompues pour une cause que, comme sa sœur, elle ignorait ? Mlle Berton, qu'elle appelait naïvement sa tante, était pour sa jeune imagination une personne étrange, inspirant à toute la famille dont elle faisait partie une répulsion marquée. Quelle était la raison de cette horreur secrète, mystérieuse, dissimulée sous le masque de la politesse durant la vie de M. Berton, et devenue manifeste après sa mort ?

Renée ne la connaissait pas. Mais toutes ces réflexions qui venaient l'assaillir et battre en brèche sa résolution lui démontrèrent que sa tentative insensée serait blâmée de toute sa famille. Mais elle songeait au désespoir d'Angèle. La raison de ce désespoir, qui ne valait guère mieux que celle de sa démarche, justifiait cependant celle de son initiative. Alors elle agita d'une main tremblante la sonnette de la grille.

Elle eut un frisson, quand elle entendit tirer les verrous de la porte qui s'ouvrit toute grande.

Une duègne vêtue de noir, à l'air revêche, demanda aigrement à la jeune fille ce qu'elle voulait.

— Je voudrais, répondit Renée d'une voix émue, parler à Mlle Berton.

Angélique, — car c'était elle, — répondit :

— Qui êtes-vous ?

— Je m'appelle Renée, dit la jeune fille qui, pour la première fois, rougit de n'avoir qu'un prénom.

— Renée qui ? ce n'est pas un nom ça

La jeune fille garda le silence.

— Angélique fit alors entendre un petit rire sec, dont le sens insultant frappa Renée au cœur.

— Puis-je oui ou non parler à votre maîtresse ? reprit Renée avec dignité.

— Pour la curiosité, je vais demander à ma maîtresse si elle veut vous recevoir, répondit Angélique, dont l'âme servile était à demi subjuguée.

Angélique monta à la chambre d'Aglaé, dont elle heurta la porte assez rudement.

— Qu'est-ce ? dit la vieille fille.

— Une demoiselle qui veut vous voir.

— Comment s'appelle cette demoiselle ?

— Elle n'a pas de nom.

— Angélique ! dit sèchement la vieille fille qui regarda la duègne avec hauteur.

— Mais je dis la vérité, répondit celle-ci, interdite de ce rappel à l'ordre, car elle dit s'appeler Renée, et ce n'est pas un nom, ça !...

— Renée ! répéta Aglaé comme si elle cherchait dans son souvenir une personne connue qui répondît à ce nom.

Elle ajouta bientôt :

— Faites entrer !

Renée pénétra en hésitant chez Aglaé.

Celle-ci, une main appuyée au dossier du fauteuil qu'elle venait de quitter, regarda s'avancer la jeune fille qui s'inclina avec malaise quand elle ne fut plus qu'à quelques pas de la maîtresse de la maison.

Aglaé salua seulement de la tête et, étendant le bras vers un canapé qui occupait tout un côté de la pièce, elle fit signe à Renée de s'y asseoir.

L'accueil hautain de la grande dame, — car Aglaé en avait toutes les façons dédaigneuses, — glaça Renée qui, cette fois, se repentit amèrement de sa hardiesse. Elle sentait ses paroles figées dans sa gorge. Qu'allait-elle faire, si la paralysie continuait ?

Aglaé contempla attentivement Renée, puis elle dit :

— Vous êtes la fille adoptive de Mme Fontaines ?

— Oui, madame.

— Vous avez demandé à me voir, que me voulez-vous ?

Renée leva sur Aglaé un regard timide. Ce qu'elle voulait, elle le savait bien, mais elle ne savait comment l'exposer.

La vieille fille, satisfaite de l'impression qu'elle produisait, poussa la politesse jusqu'à dire :

— Je vais vous encourager à parler, car je vous vois interdite. Venez-vous de la part de Mme Fontaines me demander quelque chose ?

— Non ! madame.

Aglaé fit un geste que Renée sut interpréter ; alors la jeune fille, réunissant ses forces, dit d'une voix mal assurée :

— Madame, l'intention qui m'amène auprès de vous est louable, je puis vous l'affirmer.

Aglaé sourit.

— Je ne comprends pas ce que de telles paroles signifient !

— Mon Dieu ! reprit Renée de nouveau troublée, comment vais-je dire ? Il s'agit du bonheur d'Angèle, votre nièce... Le marquis...

— Qu'y a-t-il de commun entre ma nièce et le marquis ? interrompit la vieille fille d'une voix brève.

— Madame, Angèle aime le marquis...

Mlle Berton fit un mouvement.

— Comprenez-vous ce que je viens vous demander ? hasarda Renée qui ne savait plus ce qu'elle disait.

— Je comprends que vous êtes folle ! dit Aglaé en se levant.

— En effet, répondit Renée, qui était aux abois, je m'exprime de façon à vous paraître telle. Excusez-moi, je vous prie, madame. Je ne suis cependant point folle. Je viens vous demander de laisser M. le marquis à Angèle. Je vais vous dire pourquoi : ce « monsieur » est sans fortune. Donc sa pauvreté, selon moi, justifie les prétentions d'Angèle.

La naïveté de Renée, devenue audacieuse par tendresse, touchait à l'impertinence. Il était plaisant de dire à un avare : « Je sais votre côté faible, attendez que je m'en empare; maintenant, aidez-moi dans ma tâche. » Le sens des paroles de Renée pouvait être ainsi compris, mais la jeune téméraire ne s'en doutait point. Sa sincérité ne faisait qu'affirmer, selon elle, « sa louable intention. » Voilà pourquoi Aglaé, qui avait de l'esprit, ne fut qu'irritée.

Elle regarda Renée ; elle fit entendre de nouveau son petit rire sec.

— Ce que vous venez me demander est si plaisant que je me dispense d'y répondre... Seulement, dites-moi qui vous êtes ? On ne se charge point d'une telle commission sans songer aux inconvénients qu'elle peut faire éprouver à une personne comme vous.

Ce langage fut de l'hébreu pour Renée qui n'en saisit point la méprisante signification.

— Une personne comme moi ?

— Sans doute, car celles qui, comme vous, n'ont pas de nom... on les congédie.

XI

LES ANGOISSES DE RENÉE.

Renée fut saisie. Une honte qu'elle ne s'expliqua pas s'empara d'elle. Sur le perron, elle entendit la duègne qui riait d'elle, en l'appelant « aventurière ». Elle sortit hébétée.

Jamais elle n'avait ressenti une impression pareille. Il lui semblait que, sous le choc, quelque chose de nouveau se fît jour dans son esprit, et c'était sans doute à cet « inconnu » qu'elle devait la souffrance qu'elle éprouvait. « Aventurière ! » répétait-elle en se frappant le front. Pourquoi m'appelle-t-on ainsi ?

Et elle écoutait le bruit que ce mot faisait en elle, comme on écoute des rumeurs dont on cherche à saisir le sens.

Elle ne savait pas, l'innocente, qu'un être sans famille est frappé par sa naissance même de réprobation ; qu'il n'y a pour lui que la Charité ou la Pitié. Le code étant contre lui, la société naturellement est contre lui. N'est-ce pas une affreuse iniquité que celle qui consiste à éloigner de soi des enfants dont les parents sont frappés par la loi ? Et, parmi ces enfants, il y a des âmes sensibles et fières auxquelles l'injustice inflige une véritable humiliation. C'est non seulement une cruauté inouïe, mais c'est une faute grave, parce que cette iniquité fausse l'esprit et abaisse l'âme qu'elle décourage.

Renée était donc le tendre agneau qu'une louve sociale mordait.

La pauvre fille avait, lorsqu'elle rentra, la figure défaite. Elle s'avança toute craintive vers Mme Fontaines, qu'elle regarda d'un air singulier.

Il y avait dans son regard le tableau tout entier de l'isolement. Aglaé avait rompu les liens qui attachaient la jeune fille à cette famille. Cette femme, si bonne pour elle, la gardait par pitié.

— Qu'as-tu donc, mon enfant ? lui dit Mélanie.

Les traits de Renée s'animèrent, et elle regarda tristement sa mère adoptive.

— Oui, dit-elle avec amertume, j'aurais dû ne pas tenir compte de la défense d'Angèle, m'ouvrir à vous, vous m'eussiez conseillée... mais je serais aussi aujourd'hui ce que j'étais hier. Il faut bien m'habituer à penser que je ne suis point votre fille... J'oubliais trop que je ne l'étais pas.

Mélanie croisa les bras et manifesta une vive surprise.

— Que t'est-il arrivé ?

Renée raconta sa double entrevue.

— C'est payer trop cher une démarche dont j'aurais pu te dispenser si tu l'avais voulu ; mais enfin le mal est fait, il n'y faut plus penser. Ma sœur, mon enfant, est une personne à part et il faut attacher aux duretés dont tu as à te plaindre la faible importance qu'on attache à un fait qui ressort de l'ordinaire. On ne doit point s'occuper de l'exception, mais de ce qui a cours dans la vie. Or, sauf ceux ou celles qui, par caractère, ressemblent à Aglaé, personne ne pense comme elle. Tu es ma fille, Renée ; dis-toi bien que mon cœur t'appartient. Tu oublieras ces injures, c'est là toute la punition que je t'inflige.

Renée secoua la tête

— A mon grand regret, je ne le puis, chère maman. Il y a là — elle montra son cœur — une blessure, et ici, en portant la main à son front, une idée.

— Une idée ?

— Je veux savoir qui je suis.

Mélanie regarda Renée d'un air désolé.

— Je ne sais que te répondre. Mais as-tu à te plaindre de moi ?

— Oh ! que dites-vous là ? s'écria Renée avec élan. Me plaindre de vous ! oh, non, me louer de vous plutôt. Mais le mot « aventurière » me fait un effet que je ne puis retracer. Il me gêne, il me blesse ; il me semble que je ne le mérite pas, et je veux m'assurer si ce que je crois est vrai.

— Nous étions cependant bien décidés, Fontaines et moi, à laisser cette question dans l'ombre ou dans l'oubli, comme tu voudras. Mais puisque, chère enfant, tu l'agites dans un sens qui menace ta tranquillité, je mettrai à te perdre le dévouement que j'ai mis à te garder. Je renoncerai, s'il le faut, à ta tendresse.

— Moi, dit Renée en s'agenouillant pieusement devant Mme Fontaines, je vous aimerai toujours.

— Chère et noble enfant !

En cet instant la voix d'Angèle, qui parlait à son oncle, vint faire diversion aux pensées des deux femmes. Renée se souvint et la mère aussi.

— Crois-tu, dit Mme Fontaines, en reprenant la pensée qui la préoccupait, que le mal chez Angèle est si grand ?

— Si je ne l'avais cru, je n'aurais jamais eu le courage de tenter cette double démarche. Oui, je crois que le bonheur d'Angèle est en jeu. Parlez à Paul, il sera plus expansif avec vous, chère maman, qu'il ne l'a été avec moi. Je vais dire à ma sœur que je vous ai tout avoué. Ouvrez-lui vos bras quand je vais vous la ramener.

Renée sortit et Mme Fontaines fit signe à Paul de venir auprès d'elle.

XII

L'HONNÊTE ISMAEL

Bien qu'Aglaé n'attachât qu'une faible importance à la révélation de Renée, dont elle avait si cruellement frappé l'inexpérience, elle fut assez intriguée cependant pour écrire la ligne suivante :

« Ismaël,

« Venez, j'ai besoin de vos services.

« AGLAÉ BURTON. »

Ce message, qu'Angélique porta aussitôt à destination, était adressé à un personnage qui, connu d'un certain monde parisien, était venu depuis un

Elle ne daigna pas offrir un siège au Juif (page 34).

an, on ne sait pourquoi, établir son commerce interlope à Blois.

Ismaël habitait dans le quartier haut une petite rue tortueuse, sans air, qui commençait au quai et finissait non loin de la cathédrale. Pour se donner la contenance d'un honnête homme, il tenait une boutique de curiosités, ramassis de tableaux, de chiffons et de fantaisies. Les chalands étaient rares, mais l'absence de vente n'avait pas l'air de préoccuper le marchand. Il soignait son étalage comme si sa clientèle était nombreuse. Matin et soir on le voyait, le plumeau à la main, faire tomber la poussière des objets qui encombraient la vitrine; puis il s'asseyait à son bureau devant son grand-livre et il attendait ainsi patiemment les amateurs de sa marchandise.

Il était dans cette position, lorsque la duègne, entrant par la porte grande ouverte, lui tendit la lettre ou plutôt la ligne de sa maîtresse. Il la prit sans empressement et la lut de même.

Contrairement à ceux de sa race, qu'on présente maigres et jaunes comme de vieux cierges d'église, le juif était un petit homme maigrelet, à l'œil bleu, vif et clair, au teint d'un blême jouant parfaitement le « mat » distingué.

A part l'expression typique de sa figure, Ismaël était agréable, d'un âge modéré, et, détail à noter, sa mise était soignée.

— Je vous suis, dit-il d'une voix de flûte à Angélique, qui, pour s'en aller, attendait cette réponse.

Il prit, dans un coin, un chapeau de feutre noir, qu'il coiffa à la hâte, mit sur ses épaules un élégant pardessus, ferma sans scrupule sa boutique et sortit.

Il marcha d'un pas discret sur les étroits trottoirs, s'arrêtant de temps en temps quand une pensée lui venait, comme si cette immobilité eût été nécessaire au développement de celle-là.

Parvenu à la grille de l'hôtel, il trouva la duègne plantée sur le seuil de la porte. Il entra et la porte se referma sur lui à double tour.

Angélique n'eut pas besoin d'introduire le visiteur, Aglaé l'attendait dans l'escalier.

Un sourire plein de mystère fendit en cœur la bouche du juif, quand Aglaé passa devant lui pour entrer dans le petit salon où elle recevait ses fournisseurs et les « gens du commun ». Elle ne daigna pas offrir un siège au juif.

— Connaissez-vous, dit-elle alors à Ismaël, le marquis Victor de la Houe ?

— Ce renseignement a son prix, répliqua le juif avec bonhomie.

— Combien l'estimez-vous ?

— Je suis honnête homme, avant tout ; vous comprenez qu'il n'y a que le besoin qui puisse me faire commettre un délit de « conscience ».

Aglaé regarda le juif. Elle ne savait si ce dernier parlait sérieusement ou s'il raillait.

— Vous comprenez, reprit le juif de l'air du monde le plus naturel, et qui, par ce jeu, semblait vouloir faire payer à la vieille fille l'impolitesse de son accueil, vous comprenez que la chose est délicate ; or, mes honoraires sont proportionnés à mes scrupules.

— Je ne vous ai pas fait venir ici pour le plaisir d'entendre vos ridicules subtilités.

— J'estime mes renseignements deux mille francs, reprit le juif d'un ton bref.

L'avarice d'Aglaé fut saisie à la gorge.

— Deux mille francs ! quelques mots !...

— C'est à prendre ou à laisser.

— Voulez-vous cinq cents francs ?

Ismaël, dédaigneux, se dirigea vers la porte.

— Restez ! dit impérieusement Aglaé.

Le juif s'arrêta.

Aglaé sortit. Elle revint bientôt, tenant à la main deux billets de banque qu'elle jeta à Ismaël.

Celui-ci, toujours calme, s'assura des valeurs, et, les pliant soigneusement, les plaça dans un petit portefeuille noir, qu'il fourra dans une des poches secrètes de son habit. Il s'assit alors et dit lentement :

— Le marquis Victor de la Houe, — que j'ai connu à Paris et qui est venu me voir ici, voilà environ un mois, — est ruiné.

Aglaé pâlit légèrement.

— C'est tout ? interrogea-t-elle.

— Par mon entremise, il cherche à négocier un emprunt qui, onéreux pour lui, lucratif pour moi, lui permettra de contracter un mariage avantageux.

— C'est tout ? répéta Aglaé, cette fois d'un air radieux.

— C'est tout, répondit Ismaël, en cherchant le sens du changement soudain de la physionomie de la vieille fille.

— Deux mille francs, pour s'éviter une ruine, ce n'est pas trop, n'est-ce pas ?

Le juif osa, cette fois, regarder Aglaé.

— C'est vous que le marquis voulait épouser ?

— C'est moi que le marquis voulait épouser, honnête Ismaël !...

Le juif, d'un air dépité, baissa la tête et sortit, escorté du rire d'Aglaé, qui lui fouettait les nerfs. Et c'est ainsi

Qu'*Ismaël*, honteux et confus,
Jura, mais un peu tard,
Qu'on ne l'y prendrait plus.

XIII

LE REMORDS

Pendant que cette scène de duperie se passait entre le juif et Aglaé, le comte posait la plume, après l'avoir fait courir deux heures sur le papier. Il resta un instant droit, immobile dans son fauteuil ; puis il dit tout haut :

— J'irai.

Alors il réunit en faisceau les feuilles éparses sur son bureau, il les mit dans un des tiroirs de son secrétaire, dont il prit le numéro et la clef, et s'en alla.

Il marcha du pas d'un homme soutenu par une résolution qui subordonne toutes les forces à sa force. Sans hésitation, il entra chez le capitaine qu'il trouva seul dans une petite pièce attenant au salon.

— Vous ici ? dit Jean.

— Moi ici ! répéta le comte, qui resta debout sur le seuil de la porte.

Le capitaine croisa les bras.

— Vous avez de l'audace!

— Non, du remords; écoutez-moi.

Jean lui tourna le dos.

— Monsieur! après vingt ans d'oubli, je me souviens !

— Moi, dit le capitaine en se retournant, je vous ai oublié.

— Ne soyez pas inexorable! accueillez comme il vous plaira ce tardif retour vers le passé ; mais écoutez-moi! Ce n'est pas de ma personne que je viens vous entretenir, ce n'est pas votre indulgence que je viens solliciter... rien de tout cela. Vous étiez hier inflexible, vous l'êtes aujourd'hui. Pourquoi ? parce que l'homme fort méprise l'homme faible. Le premier est au dernier ce que le mont orgueilleux est au ravin. Je suis un ravin, monsieur, un vieux ravin creusé, et vous, vous êtes le mont qui le surplombe. Vous voyez que je vous rends justice... Eh bien! écoutez-moi... Il y a vingt ans, vous vous êtes emparé d'une petite créature... Qu'est devenue cette enfant? Qu'en avez-vous fait ?

— Et vous, dit froidement le capitaine, avez-vous fait quelque chose qui justifie votre réclamation ?

— Ah! je prévoyais votre objection; je vous accorde que je n'ai rien fait, et c'est là mon crime. Mais vous savez le motif de mon inaction... Il fallait rester muet ou perdre une réputation. Entre les deux alternatives, je n'ai pas hésité... Monsieur, parlez, qu'avez-vous fait de mon enfant?

— Un père qui laisse écouler vingt ans avant de poser cette question n'est pas digne d'entendre la réponse qu'il sollicite... Celui qui, jouissant d'un droit, le laisse sommeiller pendant vingt ans a perdu l'autorité de réclamer ce droit; il y a prescription.

— Monsieur...

— Votre fille, reprit Jean, a trouvé des parents; elle est heureuse et honorée, elle peut se passer de vous.

— Vous la connaissez ? s'écria du Lac.

— Je la connais.

— Vous l'avez protégée ?

— Je l'ai protégée.

— Ah! quels que soient à mon égard vos sentiments, acceptez ma reconnaissance.

Et le comte s'agenouilla devant le capitaine.

Si ce spectacle d'un vieillard qui s'obstine à rester dans l'oubli du respect qu'il se doit à lui-même est repoussant, autant le spectacle de l'expiation de ce même vieillard est poignant.

Jean qui, malgré son austérité, était humain, releva du Lac.

— Vous avez fait un pas vers mon estime, que je vous rendrai si vous savez résister à une autre influence.

— J'y résisterai !

— Réfléchissez à quoi vous vous engagez en ce moment.

— Pour revoir ma fille, je souscris aux conditions qu'il vous plaira de m'imposer.

— La première, dit Jean, la voici : j'exige que votre fille ne connaisse jamais sa mère.

Du Lac regarda Jean avec effroi.

— Mais ce que vous demandez là est injuste. Peut-on priver une mère de ses droits, si elle les réclame ?

L'aveuglement de du Lac fit pitié au capitaine, qui reprit :

— Elle ne les réclamera pas.

Le comte baissa la tête; le jugement de Jean confirmait les dispositions d'Aglaé.

— Vous êtes arrivé au point, reprit le capitaine où l'on comprend en peu de mots. Ecoutez donc Si j'ai pris votre fille, c'était pour lui donner une mère...

— Vous me brisez, dit du Lac; laissez ce sujet...

— Je vous plains, répondit simplement le capitaine.

— Non... Les hommes sont les satans des femmes. Vous m'écrirez, monsieur?... Adieu !

XIV

L'ÉPREUVE

Du Lac, une fois dehors, se demanda si Jean n'avait pas calomnié Aglaé; car on est secrètement porté à donner raison à ceux qu'on aime. En somme, qui devait-il croire de préférence ?... Aglaé sans doute! Etait-il possible qu'elle fût ce que Jean la faisait ?

Et du Lac, en soulevant cette question, ne s'apercevait pas que sa foi était ébranlée.

C'est ainsi que souvent on croit obéir à une impression et qu'il n'en est rien. Le comte, qui subissait en ce moment cette erreur secrète, se rendait chez Aglaé non par tendresse, mais pour se rassurer.

— Mon Dieu! lui dit Angélique, votre figure est toute bouleversée; que vous est-il donc arrivé?

— Je suis un peu souffrant... votre maîtresse est visible ?

— Cela ne se demande pas, répondit effrontément la duègne.

Du Lac gravit avec peine l'escalier tournant du perron, qu'il montait d'ordinaire avec une précipitation juvénile. Il était sous le poids d'une double émotion dont vous vous rendez compte, amis lecteurs. Il reprenait là tout un passé, pour lui sans mélange, en même temps qu'il apportait une crainte, véritable danger pour son bonheur.

Il trouva Aglaé radieuse. Son humeur se ressentait encore du triomphe qu'elle avait remporté sur Ismaël.

Cette gaîté choqua le comte ; elle mit une ombre sur son front, car il ne sut à quoi l'attribuer. Ce contentement, si rare dans le passé, était rayé du présent... Il fut inquiet. Il remarqua alors que le deuil était coupé de violet. La mise était soignée, les boucles parfumées, luisantes. Tout cela le troubla... Cet épanouissement, cette élégance, que se passait-il donc ? Il était venu pour un sujet grave... et mille choses l'éloignaient de ce sujet. Il subissait l'influence du lieu, de cette coquetterie, de ces charmes. Peu à peu il était envahi, et il sentait que les rumeurs de son esprit en révolte s'apaisaient, quand soudain le cri d'un enfant se fit entendre.

Ce cri arriva juste à temps pour dégager le comte.

Il se leva et se mit à la fenêtre.

Aglaé, qui ne pouvait se douter de la raison inconsciente de cet acte, dit avec ironie :

— Rassurez-vous ; cet enfant que j'entends pleurer bien souvent ne court aucun danger ; il demande sa mère. Mais, pour vous éviter de pareilles distractions, je vais fermer cette fenêtre.

Le comte, sous le choc de l'émotion, trouva un son nouveau à la voix de sa maîtresse. Elle lui fit l'effet d'un instrument qui résonne dans un corps creux ; elle lui blessa l'oreille.

— Cet enfant, dites-vous, demande sa mère ?

La gravité du comte laissait deviner que le cri de cet enfant avait, en lui, éveillé un souvenir.

Aglaé, habituée à calmer ces accès quand un incident quelconque les faisait naître, voulut éprouver encore cette fois sa puissance.

Elle regarda le comte et lui dit :

— Encore ?

Du Lac, brisé, mais en possession de la force que lui donnait son désespoir, répondit sèchement :

— Encore !

C'était la première fois qu'il osait avoir une volonté ; cette audace laissa Aglaé sans voix.

— Vous entendez tous les jours que cet enfant appelle sa mère, et une autre pensée ne vous est pas venue ?

Aglaé semblait pétrifiée.

— Voulez-vous, demanda du Lac, revoir votre fille ?

A ce mot, comme un flot qui rompt sa digue, Aglaé s'élança vers le comte.

— Est-ce que vous êtes venu avec l'intention de m'insulter ?

— A Dieu ne plaise ! répondit le comte amèrement.

Aglaé, glacée, le contempla.

— Je ne vous connais plus. Je ne vous comprends plus... Jusqu'à présent, j'avais cru mériter « le léger sacrifice » que vos paroles me refusent... Vous m'avez perdue et vous voulez me déshonorer ! Allez ! initiez la ville à ma faute ; autorisez à dire : « Cette femme est la maîtresse du vieux du Lac. » Serez-vous content, quand vous m'aurez donnée en pâture à la populace ? Votre ingratitude sera-t-elle satisfaite ?

Ces paroles, trempées dans le fiel de l'ironie, entraient comme autant d'aiguillons dans la chair de du Lac ; mais le dépit, quelque forme qu'il emprunte, n'a pas le don de s'emparer du cœur. Il blesse, mais il n'aveugle pas.

Le comte, disposé comme il l'était, resta maître de lui. L'aveu de Jean était confirmé. Il avait entendu « *léger sacrifice* »... Léger sacrifice ! un sentiment qui domine tous les sentiments ! Eh quoi ! il en était réduit là, à constater que depuis vingt ans il se trompait ! Quel déchirement ! quelles angoisses !

Mais, comme cela arrive toujours en présence d'un danger imminent, l'être se transforme ; une force naît de la force, la défense de l'agression.

— Si votre réputation vous est plus chère que le sentiment sacré que j'invoque, ma fille ne connaîtra pas sa mère !

Moins fort que vous n'êtes forte, vieux, et depuis quelques heures plus vieux que mon âge, un pied dans la tombe l'autre dans la vie, dans cette situation, j'ai revu le passé. J'ai mesuré ma lâcheté ; le remords m'a pris, et je suis allé vers votre frère, auquel j'ai redemandé mon enfant.

Il m'a écouté. Mais, à sa promesse de se rendre à ma prière, il a mis une condition. La voici :

« Vous choisirez entre votre fille et la mère. Je ne veux pas que la jeune personne connaisse sa mère ! »

Vos paroles font honneur à la perspicacité de votre frère. Eh bien, non ! ma fille... notre fille ne connaîtra pas sa mère. Cette condition, que je trouvais injurieuse pour vous, je l'avais repoussée. Mais, à présent que je vous ai entendue, je l'accepte.

Les traits d'Aglaé avaient atteint la limite extrême de la contraction. Elle ne pouvait se figurer que ce qu'elle entendait fût vrai ; que cet homme, hier esclave soumis, fût devenu l'homme impérieux et indépendant d'aujourd'hui.

Trop bouleversée pour comprendre qu'elle était elle-même la cause de ce changement, incapable de s'élever à la hauteur du vieillard qu'elle n'avait jamais considéré que comme une pâture toujours prête à dévorer, devant cette dignité qui la terrassait et qu'elle interprétait faussement, elle sentit s'élever en elle, outre une invincible terreur, un flot tumultueux de haine et de colère que ses intérêts menacés lui firent contenir. D'autre part, le dépit et la rage qu'elle éprouvait en voyant qu'elle ne trônait plus en souveraine dans ce cœur devenu sa chose et qu'à sa volonté elle blessait ou guérissait, tout ce mélange — combinaison infernale — emplit ses veines de chaleur, chargea son cerveau de vapeurs ; puis tout cela éclata dans un sanglot.

Ces larmes, filles du dépit et de la terreur, heurtèrent la note vraie du désespoir ; une certaine émotion s'y glissa, et le comte en subit le contre-coup.

XV

LA VÉRITÉ SELON NOUS

Mais Aglaé, accablée, ne tira point parti de la faiblesse du vieillard, qui s'en alla sans comprendre qu'il restait maître du champ de bataille.

Lequel des deux, de cet homme ou de cette femme, était le plus coupable ?

Pour nous, qui voyons de haut, nous n'oserions le dire, et voici pourquoi : ils souffraient tous deux ; ils luttaient tous deux. L'un recevait la lumière ; l'autre vivait dans la pénombre. L'un était victime de son cœur ; l'autre l'était de ses appétits. L'un se mouvait dans le cercle vaste des nobles sentiments ; l'autre dans celui terre à terre de la spéculation. L'un voyant en plein les objets ; l'autre les distinguant à peine. L'un disant « tout pour le cœur » ; l'autre répondant « tout pour les appétits » ; chacun d'eux dénommait à sa façon cette tour de Babel, qu'ils avaient mis vingt ans à construire. L'un l'appelait, tout en l'aimant, « erreur pleine de remords » ; l'autre, en la haïssant, l'appelait « monstruosité ingrate ».

Méprise qui produit la confusion, qui conduit au chaos.

Ainsi va le monde.

Ces deux êtres, si différents, qui ne se pouvaient comprendre, ne s'entendaient pas. Le jeu de l'un avait entretenu l'amour vrai de l'autre, et c'était tout.

Aglaé qui appelait « lâcheté » ce que son frère appelait « noblesse », se vit seule dans une impasse où elle-même s'était jetée comme nous l'avons expliqué.

Elle se crut entourée d'ennemis implacables et ces ennemis n'étaient que des juges.

Elle se pressa le front.

Elle s'éleva avec violence contre ce frère revenu de Russie, où, lors de son départ, elle avait souhaité qu'il restât.

De lui venaient tous ses mécomptes ; il était l'obstacle de sa vie, comme le bien est l'obstacle du mal. Son impuissance à se venger de lui l'affolait.

Le déshériter ? Elle ne l'atteignait pas ! Jean, pour elle, était la courbe vers laquelle court la ligne droite sans l'atteindre jamais. Fatalité !...

En marchant de la sorte, la pensée d'Aglaé fut conduite en présence de Renée.

Les traits de cette fille, qu'elle n'avait que distraitement remarquée, la frappèrent. Malgré sa naïveté, cette figure avait grand air. D'où venait cette fille ? Qui était-elle ? Le hasard seul l'avait-il fait recueillir à sa sœur ?

Mystère !

Et le mystère est muet.

Pour le faire parler, pour éloigner certaines analogies qui la troublaient, elle aurait à ce moment assouvi cent rapaces de la force d'Ismaël.

Cette fille, qui l'avait si ingénument bravée, elle la haïssait.

Un souvenir confus sortit de sa mémoire.

Les circonstances de l'adoption de Renée par les Fontaines revinrent se présenter avec toutes leurs particularités à l'esprit de la vieille fille. Elle regrettait à présent de n'avoir pas suivi les entretiens animés que ce fait avait amenés entre Angélique et Marion.

Elle se rappelait que la grosse Marion disait que son père, bien que pauvre, ne l'eût pas, toute jeunette, abandonnée ainsi.

Et Angélique de riposter :

— Est-ce que vous savez si cet enfant est sa fille ?

Cette réponse avait, par son étrangeté, fermé la bouche à Marion.

La brave fille n'y comprenait rien.

Ces détails qui revenaient à Aglaé lui firent aussi émettre le doute qu'Angélique avait émis :

— Cet homme tombé du toit était-il le père de Renée ?

Ce charpentier, était-il revenu à Blois ?

Elle n'en savait rien !

Une pensée alors lui vint : celle de savoir comment s'appelait le père de Renée.

Si Marion avait retenu ce nom, elle le lui dirait sans défiance, sans curiosité.

Marion était bien sotte ; mais le mot « jeunette » qu'elle avait prononcé sembla indiquer à la vieille fille que c'était dans cette mémoire-là qu'elle trouverait les renseignements désirés.

Elle descendit, pensive, dans le sous-sol où se trouvaient les cuisines.

Le bruit de la jupe de soie avertit Marion que sa maîtresse venait lui rendre visite.

Aglaé pensa que, pour tirer quelque chose de Marion, il fallait éviter les phrases.

— Vous rappelez-vous le nom du père de la fille adoptive de ma sœur ?

Les paupières de Marion devinrent d'une mobilité extrême. Elle cherchait à répondre à ce qu'on lui demandait. Tout à coup, elle dit :

— Denis Paturot.

— Comprenez-vous bien ma question ?

— « La demoiselle Renée ! »

Marion montra ainsi que, si sa pensée sommeillait, elle avait la mémoire éveillée. Les faits s'y gravaient et n'en sortaient plus.

— Savez-vous où il est ce Denis Paturot.

— Non.

Ce « non » avait un tel accent de conviction que toute nouvelle demande à ce sujet devenait inutile.

Angélique pouvait peut-être compléter ce renseignement, mais l'incertitude que renfermait le peut-être, la retint.

Et puis, le zèle beaucoup trop intempestif d'Angélique, autant que ce qu'elle savait, interdisait de lui poser cette question.

Aglaé retourna chez elle sans avoir pu satisfaire sa curiosité.

Elle résolut alors de conformer sa conduite aux événements.

Et elle retomba dans ses sombres préoccupations.

— Tu me dis, demandait Angèle à Renée, que Paul ne fera rien contre moi ?

— Je te l'assure.

Angèle, après cette réponse, qui la contentait, dit naïvement :

— En ce cas, nous nous marierons le même jour.

— Je ne me marierai pas.

— Que me dis-tu donc là ? Et Auguste ?

— Auguste prendra une femme digne de lui.

— Est-ce que toi tu serais indigne de lui ?

— Laissons cela.

— Non pas, car je n'en saisis pas le sens.

Renée, qui travaillait à un ouvrage de broderie, parut ne pas avoir entendu et garda le silence.

Angèle, étonnée, considéra sa sœur.

— Renée, pourquoi ne parles-tu pas ?

— Je t'ai dit ce que je pensais.

— Tu n'aimes pas Auguste ?

— Si, j'aime « ton » cousin.

— Mon cousin est le tien.

Renée fit, en terminant une feuille du plumetis un geste de dénégation.

— Non ?

— Tu ne fais rien, dit Renée. Ta bande de broderie ne sera pas terminée en temps opportun.

— Il s'agit bien de cela. Auguste n'est pas ton cousin ?

— Non, puisque je ne suis pas ta sœur…

Angèle partit d'un grand éclat de rire.

— Je dis la vérité.

— Je t'écoute sans comprendre.

— Je viens pourtant de t'en dire assez.

— Non ; tu m'as dit seulement que tu n'étais pas ma sœur.

— Eh bien ?

— Eh bien ! cela ne suffit pas. Qui t'a fait sentir que tu n'étais pas de notre famille ?

Renée rougit.

La question qu'Angèle lui posait se trouvait précisément être celle à laquelle sa délicatesse l'empêchait de répondre.

— Que t'importe de savoir le nom de cette personne ?

— Si c'est un secret, je le respecterai, reprit Angèle avec une soumission charmante.

Renée leva sur Angèle des yeux attendris.

Celle-ci entoura de ses bras le cou de Renée.

— Ne dis plus que tu ne veux pas épouser Auguste.

— Je ne dis pas que je ne veux pas ; je ne peux pas.

— Et pourquoi ?

— Parce que les convenances s'opposent à ce que le fils du capitaine Jean Berton épouse une fille de parents inconnus. Être fille de parents inconnus, c'est, en naissant, être maudite ! Si on laisse vivre ces créatures, c'est par pitié, car on les prive d'avance de tout ce qui n'est pas la charité !

Angèle lâcha le cou de Renée et regarda celle-ci avec un effroi non dissimulé :

— Ce que tu dis est très-mal ; et, si maman l'entendait, elle le blâmerait. Nous ne t'aimons que par charité ? Comme tu es injuste, Renée !

— Vous trois, répondit Renée en saisissant les mains d'Angèle, vous êtes trois exceptions !

— Et nous ne te suffisons pas ? Tu as besoin d'affections banales, indifférentes !…

Renée fit un geste qui signifiait :

— Elle ne comprend pas.

— Si, va, je te comprends, se hâta de répondre Angèle, je devine ce qui se passe en toi.

— Et tu ne m'approuves pas ?

— Non, parce que mon oncle, ma tante et mon
cousin sont généreux et grands !

— C'est précisément parce qu'ils sont tout cela
que je refuse.

Je ne veux pas, ajouta Renée avec passion, ma
fierté s'y oppose, qu'Auguste ait à rougir de l'origine de sa femme.

Je ne le veux pas ! je ne le veux pas !

J'en souffrirais trop ! j'en mourrais !

Angèle, devant cette exaltation, baissa ses yeux
gros de larmes sur sa broderie.

Elle fit une fleur tout entière sans lever la
tête.

— Je t'ai chagrinée. J'ai cependant quelque chose
à te demander.

— Je t'écoute, répondit Angèle en enfilant son
aiguille.

— Tu diras à maman que je ne descendrai pas
dîner.

— Tu ne veux pas voir Auguste ?

— Je ne le puis pas ; je ne le dois pas.

— Et au télégramme de ce matin tu n'y penses
plus ?

— J'y pense.

— Pour qui crois-tu donc qu'il a travaillé ?

— Pour moi.

— A qui crois-tu qu'il viendra annoncer ce soir
qu'il est reçu avocat ?

Renée garda le silence... puis s'en alla.

Angèle, blessée, continua son travail jusqu'à
l'arrivée de sa mère, qui s'étonna de la trouver
seule.

— Où est ta sœur ?

— Elle est dans sa chambre ; elle m'a priée, maman, de vous dire qu'elle ne descendrait pas dîner.

— Que s'est-il donc passé pendant mon absence ?

— Je ne sais pas ce qu'a Renée ; elle m'a fait
l'aveu de choses qui me chagrinent beaucoup.

Angèle rapporta à sa mère son entretien avec
Renée.

— Pauvre enfant !

— Bon ! voilà maintenant que vous la plaignez !

— Oui !

— Le monde est donc aussi méchant et aussi
injuste que Renée le suppose !

— Sans doute !

Angèle ouvrit de grands yeux étonnés, comme
une personne qui ne peut croire à ce qu'elle
entend.

Le dîner fut silencieux. Angèle regardait avec
tristesse la place que l'absence volontaire de Renée
laissait libre.

XVI

OU ANGÈLE ÉCLATE

Comme les Fontaines n'attendaient que leur
neveu, ils restèrent dans la salle à manger.

Vers huit heures, Auguste, qui avait annoncé
sa visite dès le matin, entra.

Le jeune homme, content de ses succès, ne
remarqua pas d'abord qu'il n'y avait que trois personnes dans la pièce. Mais, après avoir embrassé
sa tante, serré la main à Fontaines, il dirigea ses
regards vers l'endroit où d'habitude se tenaient
les deux sœurs.

N'apercevant qu'Angèle il reporta ses yeux,
devenus interrogateurs, sur Mme Fontaines.

— Renée, dit Mélanie, est souffrante ; elle n'est
pas descendue dîner.

Auguste, désappointé, s'assit auprès de Fontaines, oubliant ainsi d'aller embrasser Angèle.

Celle-ci ne fut point blessée de cet oubli qu'elle
comprenait, partant qu'elle excusait.

En voyant combien son cousin paraissait chagrin
de l'absence de Renée, Angèle sentit s'accroître
son ressentiment contre sa sœur, qui persistait à
douter de ceux qui l'aimaient. Il lui semblait que sa
mère eût tort d'excuser le coup de tête de Renée.

La blessure que celle-ci avait faite au cœur de
cette enfant éveilla, dans son esprit, une idée qui
devait, toujours selon elle, satisfaire tout le
monde.

Elle s'avança auprès de sa mère et dit tout à
coup :

— Auguste, Renée n'est pas malade : elle n'est
pas descendue parce que les principes du monde
s'opposent à ce qu'elle te revoie.

Et Angèle, dont les yeux brillaient, regarda suc-
cessivement son cousin, son père et sa mère afin de
saisir l'effet de ses paroles.

Comme personne n'était préparé à entendre une
pareille sortie, le sens de ce démenti donné à
Mme Fontaines ne fut pas immédiatement saisi
des deux époux, bien qu'ils fussent au courant
de ce qui le motivait.

Enfin Mélanie dit la première :

— Petite folle, de quoi te mêles-tu ?

— Tu trahis Renée, et c'est mal, Angèle, dit à
son tour M. Fontaines.

Ce double blâme ne fit point faiblir l'assurance
d'Angèle, qui regardait Auguste et souriait tristement à sa surprise anxieuse.

— Eh bien ! maman, j'ai commencé ; achevez.
Dites à Auguste que Renée — parce qu'elle n'est

pas ma sœur, parce qu'elle n'est pas votre fille —
se croit indigne de mon cousin.

— Oui, mon cher Auguste, continua Angèle avec
un secret dépit, Renée, à qui l'on a monté la tête,
s'imagine cela. Elle prend de grands airs; de notre
affection à tous elle fait fi! Elle s'efface, elle
s'isole; elle a l'erreur de croire qu'elle est de trop
ici.

Cette naïve indignation trouvait une excuse
dans l'intention qui la provoquait.

Angèle révélait ainsi les qualités de son cœur,
la noblesse de sa jeune âme; on ne pouvait, à moins
d'être dépourvu de sens, blâmer une pareille
audace.

Fontaines, intérieurement, approuva sa fille.

Mélanie, elle, l'approuva tout haut.

Alors, pour ne pas laisser d'ombre à la révélation d'Angèle, Mme Fontaines demanda à son
neveu s'il savait que Renée ne fût que sa fille
d'adoption.

— Si ma mère ne me l'avait appris, répondit
Auguste, la vieille Meyer ne me l'eût pas laissé
ignorer.

Je savais Renée orpheline; Angèle ne m'a donc
révélé d'inconnu que ce qui concerne la résolution
de Renée.

— Tu vois, maman, que je n'ai pas commis
d'indiscrétion? Quant à Renée, elle appréciera ma
conduite plus tard.

Mais, maman, ce que j'ai dit sera sans effet, si
vous ne m'accordez ce que je vais vous demander.

Mettez mon cousin en demeure de ramener la
confiance en Renée, permettez-lui d'aller rejoindre
ma sœur.

— J'ai prévenu tes intentions, n'est-ce pas? dit
elle à Auguste.

— Cette enfant est vraiment folle, dit Mélanie.

Angèle souriant à sa mère:

— Non. Elle souffre de la défiance de Renée:
allons, maman, accordez!

— Auguste, dit Mme Fontaines, passe au salon,
je vais moi-même prier Renée de s'y rendre.

— Elle s'y refusera! s'écria Angèle.

— Je ne lui dirai pas qu'Auguste est ici.

— Je le sais, dit Renée qui entra.

Les yeux se portèrent sur elle.

Elle était pâle et ses yeux étaient rouges.

— Ma fille, lui dit Mme Fontaines, Auguste
veut te parler.

— Cela se trouve bien: je suis descendue dans
l'intention de lui parler aussi.

XVII

OU RENÉE NE FAIBLIT PAS

L'attitude de Renée indiquait une résolution
bien arrêtée. Sa froideur, qui fit pleurer Angèle et
qui atteignit les époux Fontaines, n'était pourtant que désespoir.

Les impressions ne se mesurent pas. Tel peut
supporter un affront dont un autre meurt... Il est
vrai qu'il est un terme moyen, mais il n'existe
pas dans une âme sensible et fière.

Si, dans sa chambre, Renée était forte, arrêtait
la résolution de s'élever au-dessus d'elle-même,
devant Auguste, qu'elle avait aimé naturellement
avec ignorance, elle se sentait troublée en pensant
à ce qu'elle allait dire.

Dans sa chambre, elle prenait les objets qui
l'entouraient comme des témoins vivants de son
courage. Devant Auguste, elle n'osait lever les
yeux, de crainte que le seul témoin qui rempla-
çait tous les autres ne vint détruire ses efforts.

Cependant, sans regarder, Renée voyait.

Elle suivait l'inquiétude d'Auguste debout devant elle, et il lui semblait sentir sur ses épaules
le poids désolé de la douleur du jeune homme.

Cette vue mentale la chagrinait, mais elle se
roidit contre cette impression; elle croyait avoir
pour elle sa conscience dont elle écoutait les scrupules, et cet appui triompha de sa faiblesse.

Elle osa enfin regarder Auguste, puis elle lui
dit:

— J'ai cru comprendre, tout à l'heure, que ma
sœur vous avait fait part de ma résolution... Nous
ne devons plus nous revoir.

Auguste, atteint en plein cœur, s'assit pour se
remettre.

Renée le contemplait avec angoisse.

— Nous ne devons plus nous revoir, dit-il, enfin,
pourquoi? Parce que vous n'êtes pas la fille de
ma tante? Je le savais, Renée, avant que de vous
aimer.

Je savais aussi que vous n'étiez pas celle du pauvre charpentier, et je ne vous en ai pas moins
aimée...

La jeune fille rougit.

— Ma Renée, reprit Auguste, tu ne sais donc pas
que je suis affranchi du préjugé qui t'aveugle? que
tu ne m'es aussi chère, que parce que tu es privée
de ce qui fait la joie ou l'orgueil de celles dont tu
envies le sort!... Oh! je voudrais, vois-tu, te con-
vaincre de ma sincérité! Je voudrais pour cela qu'il
me fût possible de t'initier à tous les instants de
ma vie! Je pourrais ainsi peut-être t'amener à con-

cevoir une meilleure opinion de moi ; car tu ne supposes pas que je sois ce que me fait ton refus !

Ces doutes sont blessants. Je t'en conjure, écoute moins ta fierté que ton cœur. Il n'entrera jamais dans la pensée des personnes bien douées de t'accuser d'une faute dont tu n'es pas coupable... Un dernier mot, Renée ; ma carrière est commencée, ne la brise pas.

Auguste, en parlant ainsi, contenait l'explosion de sa douleur.

Le ton attendri de sa voix indiquait ses efforts pour ramener la confiance en Renée.

Elle regardait Auguste avec des yeux tristement ravis.

Il semblait dans ce regard qu'elle traduisit le bonheur que renfermait chaque mot dit par le jeune homme.

Elle trouvait cette déclaration bien sincère ; son cœur en acceptait le contenu ; mais sa fierté blessée l'égarait !

La pensée d'une générosité l'aveuglait.

Cependant, la pâleur du jeune homme attestait un sentiment autre que celui de la pitié. Ah! si, pour Renée, il avait été possible de s'unir à Auguste dans un désert, là où elle n'eût pas craint de rencontrer des « Aglaé », elle lui aurait dit :

— Oui, Auguste, je veux être ta femme, je te comprends et je t'aime !.

Mais c'était à la face de tout le monde qu'elle devait épouser Auguste ; et, dans ce monde, il y avait des malveillants pour elle. Elle se cramponna donc à son idée.

— C'est, dit-elle, parce que je veux être une épouse honorée, que ma résolution reste debout... Je ne sais, ajouta-t-elle confuse, qui je suis. Qui me dit que mes parents ne m'ont pas reniée pour m'épargner le partage de leur flétrissure ? Dans une aussi cruelle incertitude, je ne me crois pas autorisée à accepter un nom honoré et honorable. Si je l'acceptais dans de telles conditions, avant peu la vie me deviendrait lourde à porter. L'amour, comme je l'éprouve, a besoin pour vivre de tous les autres sentiments.

— Vous voulez dire l'estime, la vénération ? Est-ce qu'elles ne vous sont pas acquises ? L'obstacle que vous élevez entre nous n'a donc aucune raison d'être ; brisez-le et laissez crouler des idées fausses qui sont le privilège des ignorants. Vous sentez bien que l'innocence ne peut avoir une origine mauvaise ? Tu sens bien que mon cœur t'appartient ; tu sens bien que tout ce qu'il contient mérite de t'appartenir.

— Si cela était !... mais cela n'est pas ! dit Renée.

— Cela est ! cela est ! Renée, répondit Auguste, qui crut trop tôt à la victoire.

— Avant d'y croire, je veux connaître mon père !... D'ici là... Auguste... adieu !

XVIII

LA CONFIDENCE

L'énergie de Renée avait accablé Auguste.

Il entra chez lui désolé.

Son père ni sa mère n'étaient point encore couchés.

Depuis la mort de M. Berton, le capitaine n'était pas allé au cercle, qu'avant son deuil il fréquentait régulièrement.

Ils furent surpris de voir revenir leur fils avant dix heures.

Cette surprise attira sur le jeune homme une double attention.

Il était parti joyeux ; il revenait triste. Que s'était-il passé ?

Auguste alla s'asseoir à l'écart et ne trouva rien à dire.

Le capitaine, fort intrigué, interrogea son fils.

Le jeune homme rapporta la résolution de Renée.

— C'est une noble enfant ! dit le capitaine.

— Vous l'approuvez ? demanda Auguste.

— Certainement.

— Puisqu'il en est ainsi, vous ne vous opposerez pas à ce que je m'engage demain.

— Je m'y oppose, parce que je suis ennemi des coups de tête.

— Auguste, dit la douce Valérie, tu oublies donc ta mère ?

Le jeune homme, sensible à ce reproche mérité, s'approcha de Mme Berton et lui prit les deux mains qu'il embrassa.

L'Alsacienne enveloppa son fils d'un tendre regard et lui dit :

— Je parlerai à Renée.

Auguste hocha la tête.

— Ce que vous lui direz ne changera rien ; elle a son idée.

Le capitaine sourit ; mais son sourire se perdit dans son épaisse moustache, et les plis de ses yeux disparurent dans ses sourcils. Il savait bien, lui, que les conditions de Renée étaient réalisables.

— Mon père, dit Auguste, vous me permettrez bien de vous demander comment il se fait que vous preniez le parti de Renée, après m'avoir dit que vous seriez heureux de l'appeler un jour votre fille. Je laisse de côté le prétexte allégué par Renée pour justifier son refus ; car ce prétexte ne peut être accepté de vous...

— Le prétexte de Renée est un motif honnête, quelle que puisse être mon opinion que tu veux interpréter.

— Alors, il faut que je renonce à elle ?

— Son obstination cédera devant ce sacrifice.

— Elle ! céder ! s'écria Auguste. Vous la connaissez peu. Non, elle ne transigera jamais avec elle-même !

— Cette enfant serait alors une héroïne !

— Mon père, depuis le commencement de cet entretien, je n'entends que des énigmes. Vous jouez avec mon cœur, que Renée a mis à la torture ; de grâce, ne le brisez pas... A mon grand étonnement, vous paraissez vous réjouir de ce qui fait mon désespoir.

Dites que je suis sans courage. Cependant, du courage, j'en ai... Mais le courage qui consiste à renoncer à Renée me fait défaut !

Elle est aussi indispensable à ma vie que l'air respirable peut l'être à mes poumons. Le jour où il sera décidé, si cela arrive — et cela peut arriver — qu'il faut l'oublier, je cesserai de vivre, parce qu'elle est le but, l'idéal, en un mot, où tendent tous mes efforts.

Ce ne sont point là des phrases ; je vous fais simplement l'aveu de la vérité.

Mme Berton regardait son fils avec les yeux effrayés d'une fauvette qui surprend un ennemi au milieu de sa couvée.

Quant au capitaine, les dernières paroles de son fils paraissaient faire sur lui une impression évidente, mais pas au point de le déterminer à rassurer Auguste, en lui révélant le secret de la naissance de Renée.

Jean, qui entendait l'honneur à sa façon, ne consentirait jamais non plus à dire à Renée :

— « Aglaé est ta mère. »

Si la jeune fille s'obstinait dans ce dernier cas, cette obstination le trouverait intraitable.

Cependant, il était bon père ; il aimait Renée ; il voulait le bonheur des deux jeunes gens.

XIX

RÉFLEXIONS ET SOUVENIRS

La fierté superbe de la jeune fille n'en provoquait pas moins l'admiration de Jean.

Les forts aiment ceux qui leur ressemblent. Donc, en ce moment, sa haine pour sa sœur perdit de sa vigueur. Car, si l'arbre pour lui ne valait rien, le fruit était exquis.

Le capitaine, pour s'occuper de Renée, n'avait pas besoin de ce second stimulant. Son entrevue avec le comte l'avait suffisamment préparé à l'action.

Denis Paturot, retourné en Alsace, n'avait cessé de correspondre avec la famille Fontaines.

Il venait même, une fois par an, visiter sa fille adoptive, qu'il aimait autant que ses propres filles.

Le capitaine lui écrivit de demander à la mairie de la commune la copie de l'état civil de Renée, afin de montrer que l'enfant enregistrée sous le simple prénom de Renée, était bien celle que le capitaine avait confiée à la femme Lisbeth Paturot, au mois d'octobre 1811, ainsi que l'établissait une déclaration signée des deux époux, dont Jean était possesseur.

Les Paturot reconnaissaient aussi avoir reçu une somme d'argent, somme trouvée suffisante pour subvenir aux besoins de l'enfant pendant un délai fixé par les époux eux-mêmes.

Mais divers événements survenus avaient empêché l'exécution de quelques clauses de ce contrat, tels que la mort de Lisbeth et l'accident arrivé deux ans plus tard à son mari.

Une fois sa mission remplie, Jean, qui ne faisait rien à demi, avait joint la déclaration qu'il tenait des époux Paturot à une lettre qu'il adressa à sa femme, et, avant son départ pour la Russie, il dit à Mme Berton :

— Ma chère Valérie, cette lettre contient un secret de famille ; tu ne l'ouvriras que si je meurs.

La jeune femme n'avait pas demandé d'explication. Elle avait promis de se conformer à la volonté de son mari et déposé la lettre en lieu sûr.

Le capitaine partit. Après l'affreuse déroute qu'on sait, Mme Berton, épouvantée, s'était réfugiée auprès de la famille de son mari ; ses parents à elle étaient déjà morts.

Mais son mari, qu'elle désespérait de revoir jamais, revint un soir hâve et l'uniforme en haillons ; fait prisonnier par les Russes, il s'était évadé.

Cette joie imprévue faillit tuer Valérie, dont les bras se nouèrent au cou du capitaine ; elle s'évanouit.

Après la pâmoison, les larmes vinrent ; bientôt Valérie dit à l'officier :

— Tu ne me quitteras plus ?

Jean le lui promit.

Le capitaine était fort affaibli. Les tristes événements qui suivirent la défaite de la France lui portèrent un coup terrible.

Ce fut durant une douloureuse et longue maladie qui inquiéta vivement sa famille, que la jeune Renée fut recueillie par les Fontaines.

Quand Jean fut hors de danger, alors seulement les Berton apprirent l'adoption de Renée par Mélanie.

— Est-elle gentille ? avait demandé Valérie.

— Je te l'amènerai dans quelques jours.

Un soir que Jean était assis dans un fauteuil, il vit entrer sa belle-sœur, donnant la main à une mignonne créature de quatre ans.

— Voilà ma Renée ! dit Mélanie à son frère avec un orgueil quasi maternel.

Valérie en ce moment était absente.

— Renée ! balbutia faiblement le capitaine, comme si le nom frappait chez lui à la porte d'un souvenir.

La mémoire de Jean affaiblie par la souffrance, et toute remplie de la catastrophe dont il était une des victimes, eût à passer en revue bien des faits avant d'arriver à celui que le nom de l'enfant lui rappelait. Néanmoins le capitaine y parvint et il regarda longuement la petite.

— Tu garderas cette enfant, Mélanie ? dit-il ensuite, elle me paraît intéressante.

— Ce serait mon plus cher désir, mais le père Denis n'y consentira pas.

— Envoie-moi cet homme quand il viendra te voir, reprit Jean sans répondre à l'objection de sa sœur.

Mme Fontaines ne prit pas garde au sens des paroles de son frère ; son attention était concentrée sur Renée, dont les grands yeux alaient du capitaine qui l'effrayait à celle qu'elle appelait sa mère.

Lorsque Denis, sorti de l'hôpital, se présenta chez les Fontaines, il fut très surpris de s'entendre dire :

— Vous n'avez pas de femme et Renée a besoin d'une mère ; laissez-moi votre enfant.

Denis, à ces paroles émues et dont sa nature positive sentait toute la force, avait regardé avec attendrissement la petite, qui s'était jetée dans ses bras.

Son égoïsme et sa raison se livrèrent à une pénible lutte.

Pour le bonheur de l'enfant, sa raison lui conseillait de dire oui. Mais son cœur se brisait à l'idée qu'il serait sevré des naïves caresses auxquelles il avait été habitué.

Pour vaincre sa résistance, il s'en remit à l'enfant.

Serrant Renée dans ses bras, il lui dit :

— Veux-tu rester ici ?

Elle regarda Denis avec son étonnement d'enfant.

— Oui.

Sans rien ajouter, il embrassa l'enfant et dit à Mme Fontaines :

— Gardez-la, puisqu'elle veut rester. Mais vous me permettrez de la venir voir ?

— Vous serez toujours le bienvenu.

— Merci !

Denis s'en alla trouver le capitaine, auquel il narra tous ses malheurs, sans omettre, bien entendu, l'abandon de Renée.

— Elle est chez ma sœur, elle sera bien. Et, si vos intérêts le permettent, restez auprès de nous.

Le charpentier allégua des raisons qui s'opposaient à son déplacement.

Ces détails étaient revenus à la mémoire de Jean lorsqu'il relut la déclaration des époux Paturot et l'acte de naissance de Renée.

Jean résolut de présenter la jeune fille au comte et il écrivit dans ce sens à ce dernier.

XX

OU LE LÉGER PAUL EST PUNI

Depuis que Mélanie avait démontré à Paul que les moyens mis en œuvre pour ruiner Aglaé atteignaient Angèle, le léger garçon était soucieux.

En frappant sa sœur, il frappait sa nièce, qu'il appelait « son joli chérubin ».

En écoutant Renée, il avait ri ; en écoutant la mère, il était devenu sérieux.

Ce sans-souci avait des soucis.

Mme Fontaines lui avait demandé une chose qu'il devait, mais qu'il n'avait pu lui promettre.

Ecrire au marquis. Elle veut, disait-il, que j'écrive au marquis pour lui annoncer que ma nièce raffole de lui ! Ici je ne sais pas si la mère est de beaucoup plus raisonnable que la fille ! Diable soit de ces « poulettes » dont la sensiblerie entrave les volontés ! A-t-on vu venir ruiner ainsi un plan qui promettait... Et puis, que va dire Victor en voyant mes promesses à vau-l'eau ? Il va crier à l'ânerie. Il va me jeter au nez que j'ai des nerfs de femme. Et lui, s'il n'est pas épris de cette petite folle, ce qui peut très bien arriver ? J'aurais dû me douter de la sentimentalité des provinciales qui s'éprennent, là tout d'un coup. Que c'est ridicule, ça... En attendant je suis pris ; mais, c'est bien de ma faute.

Si, au lieu d'avoir prodigué Victor, je l'avais uniquement gardé pour le but que je lui destinais, je ferais aujourd'hui honneur à ma parole ; je n'aurais pas à lutter avec les larmes qui tentent ma faiblesse ; car, pour mon malheur, je l'aime, cette petite folle !...

Et Paul, en monologuant de la sorte, s'arrêtait, gesticulait ou bondissait, selon la nature des impressions qu'il recevait de ses propres pensées.

Il regardait avec désespoir son bureau, chargé de tout ce qu'il fallait pour écrire.

On le voit, dans ce mauvais sujet, il y avait encore un lien puissant de famille qui enlaçait la volonté.

C'était cette affection de famille qu'il essayait de secouer. Il la trouvait « puérile, bête, » mais il en subissait l'autorité.

Pour échapper à la vue du *bureau* qui sollicitait son attention en faveur d'Angèle, il se mit au balcon.

Il y était à peine, lorsqu'il entendit une voix douce lui dire :

— Mon oncle, où es-tu ?

Paul retourna la tête.

Il aperçut au milieu de la chambre « son chérubin ».

— Je suis là, répondit-il paternellement, que me veux-tu, ma « beauté ? »

— Le marquis...

Angèle n'en put dire davantage ; les larmes étouffèrent sa voix.

— Allons ! dit Paul, dans un aparté, voilà que sa folie la reprend.

Et il répéta tout haut :

— Eh bien ! le marquis !... Allons, console-toi.

J'immole mes projets à tes caprices. Je t'obéirai. Je vais lui écrire. J'ai dit « non » à ta mère ; à toi, je dis « oui. » Mais ne pleure pas, sinon je me fâche.

Et, comme l'eût fait une mère dans sa bonté câline, il essuya les yeux de la petite folle qu'il prit sur ses genoux.

— Tu ne me comprends pas ! dit Angèle.

— C'est qu'il est bien difficile de comprendre ce que tu ne dis pas. Parle, je te comprendrai.

— J'ai vu, voilà deux heures, le marquis entrer chez ma tante.

Paul fit un mouvement.

— Que m'apprends-tu là ? Il m'avait promis de m'écrire son arrivée. Tu t'es trompée !

— Me tromper ! dit Angèle avec feu. Ah ! non ! Je ne me suis pas trompée. C'est bien lui...

— Où allais-tu ?

— Je revenais avec Marianne de chez ma tante Auguste.

Paul parut inquiet.

— N'est-ce pas qu'il est perdu pour moi ?

— Je n'en sais rien, répondit Paul, troublé par la nouvelle qu'Angèle lui annonçait.

La jeune fille laissa tomber sa tête sur l'épaule de son oncle.

— Tiens-toi tranquille ; je vais chez Aglaé et je te ramène le marquis.

Il essaya de relever la tête de sa nièce, mais cette tête retomba inerte.

— En voilà une équipée ! Elle est bien évanouie !

Il prit Angèle dans ses bras et la déposa sur le lit.

— Que faire ? dit-il, en regardant l'enfant pâle comme une morte. Je n'ai rien ici pour lui porter secours. Et son regard hébété erra par la chambre afin de s'assurer qu'il ne se trompait pas.

Il prit une serviette qu'il trempa dans l'eau et en lava le visage de l'enfant qui reçut les fraîches lotions sans faire un mouvement.

L'inquiétude prit Paul. Il envoya chercher Mme Fontaines, qui accourut effrayée.

Elle se pencha sur sa fille, après avoir lancé à Paul un de ces regards dont on se souvient.

Elle secoua Aglaé qui ne bougea pas.

— Mais ma fille est morte ! s'écria la pauvre mère avec une explosion qui stupéfia Paul.

— Morte ! répondit celui-ci. Non, elle n'est pas morte !... Tu vois bien qu'elle n'est qu'évanouie !

Et il mouilla de nouveau le visage de la jeune fille.

Celle-ci ouvrit enfin les yeux.

— Ma fille chérie, reconnais-tu ta mère ?

Angèle garda son immobilité.

Mélanie tomba à genoux et murmura :

— Oh ! mon Dieu !

Devant cette douleur, Paul sentit un frisson lui parcourir tout le corps.

— Il n'y a que la présence de Victor qui puisse la ranimer, je cours le chercher !

— C'est moi, disait Paul, en courant comme un fou sur les quais déserts de Blois, moi qui suis cause de ce grand malheur !

XXI

OU AGLAÉ TRIOMPHE

Angèle ne s'était pas trompée. C'était bien le marquis qu'elle avait vu entrer chez sa tante.

Victor, le digne ami de Paul, avait, en venant sans rien dire, fait un de ces actes non raisonnés que le capitaine qualifiait de « coups de tête ».

Dans un cerveau incandescent, certaines idées jaillissent comme les laves du volcan.

Ces phénomènes moraux ne s'expliquent pas mieux que les phénomènes physiques.

Aglaé, quadragénaire, reposant sur son piédestal d'un million, avait-elle impressionné Victor ?

Il est permis d'en douter.

Cependant, il avait été assez atteint pour que l'oisiveté dans l'isolement lui eût fait faire ce tour de force.

Quand Angélique alla porter fièrement à sa maîtresse la carte où elle lut : « Le marquis VICTOR DE LA HOUE, » Aglaé ne dissimula ni son émotion ni sa stupéfaction.

Le marquis la surprenait au milieu de ses préoccupations, car le comte était un obstacle qui se dressait entre elle et le marquis. Elle le devait ménager ; sa dernière visite était loin d'être rassurante pour ses intérêts : par conséquent, pour son repos.

D'un autre côté, la ruine de Victor refroidissait l'ambition de l'avare.

Mais le titre légal de « Marquise » ensoleillait son orgueil.

Comment faire ? elle n'avait plus de prétextes pour refuser de recevoir Victor : son grand deuil était fini.

— Faites entrer monsieur le marquis, dit-elle à Angélique d'un air préoccupé.

La porte du salon qui donnait dans l'antichambre était ouverte, et, au moyen des glaces placées de façon à présenter le visiteur aux personnes qui y entraient, Aglaé aperçut le marquis qui étudiait sa pose, fort correcte d'ailleurs.

Elle sourit avec finesse, puis elle entra.

— Monsieur le marquis, j'ai regretté que ma

douleur ne me permit pas de vous recevoir la dernière fois que vous vous êtes présenté.

— C'est moi, mademoiselle, qui, ayant été indiscret, vous dois des excuses.

Après ces formules polies, Victor pensa au sujet pour lequel il était venu.

L'entrée en matière était difficile à préparer ; il ne pouvait sauter à pieds joints d'une chose à une autre ; il fallait ménager une transition, et jamais il n'avait eu l'esprit plus rebelle à ce genre de procédé.

Le silence d'Aglaé faisait trébucher son aplomb. Cependant, il n'était ni gauche, ni sot, ni timide.

— Mademoiselle, votre frère Paul vous a sans doute dit mes intentions ?

Les lèvres d'Aglaé firent un léger mouvement dont le sens indiquait une malignité railleuse. Elle pensait à Ismaël.

— Mon frère m'en a effectivement fait part... et Ismaël, notre « connaissance commune », m'en a touché deux mots.

Victor, que cette allusion surprenait, resta confondu.

— J'ai, il est vrai, prié ce juif de me négocier un emprunt.

— Vous êtes ruiné, reprit Aglaé avec un sourire froid.

Le marquis, humilié, regarda la vieille fille.

— Ah ! je ne vous en veux pas d'avoir, pour cette unique raison, songé à m'épouser. J'espère de même que vous ne me gardez pas rancune de ma franchise...

Victor, démasqué aussi placidement, s'efforçait de contenir son dépit.

— On ne vous a pas dit l'exacte vérité, mademoiselle. Je dois confesser que, si vous ne m'aviez pas plu, je repoussais la proposition de votre frère.

— J'ai plus de quarante ans ! dit-elle, comme dégoûtée de son succès.

— Je le sais.

— Vous êtes bien informé.

— Mademoiselle, je pourrais vous adresser le même reproche.

Aglaé, qui se mit à rire, montra ses perles.

— Vos dents sont fort belles !...

— Monsieur le marquis, dit Aglaé en se levant et en reprenant la gravité hautaine qui la quittait rarement, d'ici peu, je vous donnerai la réponse que vous êtes venu chercher.

Et, comme si elle avait voulu laisser entendre à Victor que cette réponse serait favorable, elle lui donna la main.

Nous l'avons dit, cette main était belle ; le marquis la prit et la porta à ses lèvres.

XXII

OÙ PAUL SE RETIRE DE LA LUTTE

Victor avait à peine tourné le coin de la rue que Paul agita, à la rampe, la sonnette de la grille de l'hôtel Berton.

Angélique, — toujours diligente, mais scandalisée de cette façon impolie de sonner, — courut ouvrir la porte, non, bien entendu, pour prévenir l'empressement de « l'intrus » — car il n'y avait qu'un intrus pour sonner ainsi, — mais pour donner plus vite accès à l'explosion de sa colère.

— Qui êtes-vous ? dit-elle à Paul qu'elle toisa.

Paul regarda Angélique d'un air qui signifiait : « Duègne, tu n'as pas de consigne pour les gens comme moi ! » puis, il haussa les épaules, refoula Angélique dans la cour et entra.

Gravissant ensuite le perron, il monta chez Aglaé.

La vieille fille, qui avait tout vu et tout entendu, partageait le ressentiment d'Angélique. Dérangée dans l'accomplissement d'un projet qu'elle préméditait, elle reprocha à Paul son « sans-gêne » et son inopportunité, et l'engagea à se retirer.

— Il s'agit bien de convenances ! Où est le marquis ?

— Le marquis ! répéta Aglaé.

— Oui, le marquis ! il est ici ; il me le faut.

— Mais, dit Aglaé terrifiée, cet homme est fou à lier !

— Répondez ! où est-il ?

Aglaé regardait son frère, qu'elle croyait réellement atteint d'aliénation mentale, tant ses yeux étaient hagards.

— A l'heure qu'il est, Angèle, votre nièce, est peut-être folle, il n'y a que le marquis qui puisse lui rendre la raison !... Où est-il ?

La vieille fille fit entendre un éclat de rire sec, nerveux.

Paul regarda Aglaé avec menace.

— Le danger que court ma nièce me contraint à vous faire amende honorable. Je vous avoue ma lâcheté. C'est moi qui, par haine, ai voulu vous faire marquise.

Je n'avais, pour accomplir ma vengeance, que la ruse ; je l'ai employée.

Le marquis ne vous épousera pas !

Vous garderez votre fortune amassée à nos dépens. Que votre avarice se réjouisse !

Mais il me faut le marquis.

Aglaé, ainsi outragée, ne répondit pas.

— Quoi ! s'écria-t-il, la maladie de votre nièce ne vous touche point ?

La vieille fille, pâle, oppressée, répondit :

— Rien de votre famille ne me touche. Que l'un des membres meure ou vive, cela m'importe peu !

Vous êtes chez moi, sortez !...

Et Aglaé tourna le dos à Paul.

Celui-ci, n'ayant pas le temps d'obliger sa sœur à lui révéler où était Victor, — sortit accompagné des injures d'Angélique, qui se promit bien d'interdire l'entrée de l'hôtel à un pareil visiteur.

Aglaé sentit que le moment était décisif ; il fallait briser ou être brisée, triompher ou mourir ; car toutes ces haines allaient bientôt éclater sur sa tête : la maladie d'Angèle suspendait leur action.

Un moment accablée de ce nouveau choc qui, pour elle, était un avertissement, elle se redressa ferme et résolue.

Le marquis était à elle, elle ne le céderait pas.

Elle demanderait au comte l'exécution de sa promesse ; après quoi, elle quitterait Blois et se rendrait à Paris.

En formulant cette double résolution, elle suivait des yeux Paul, dont la démarche étrange attirait l'attention des passants. Il était resté si peu de temps avec Aglaé, et son allure bizarre était si rapide, qu'il atteignit Victor.

— Enfin ! s'écria Paul en saisissant le marquis à bras-le-corps, le voilà ! je t'ai !

Victor se retourna, inquiet de l'état mental de son ami.

— Qu'y a-t-il ? que signifie ce bouleversement ?

— Suis-moi, suis-moi, tu me comprendras.

— Où me mènes-tu ?

— Chez moi.

Ces deux fous, — qui s'étaient jetés dans une lutte dont ils n'avaient pas prévu les terribles conséquences, — s'en allaient, l'un inquiet de ce qu'il allait voir, l'autre fou de douleur d'avoir été la cause involontaire du dérangement d'esprit de sa nièce.

<h3 style="text-align:center">XXIII</h3>

OU LE MARQUIS S'EXPLIQUE LE DÉSESPOIR DE PAUL

Victor ouvrit la porte de la chambre à coucher de Paul et entra :

Il remarqua que la famille Berton au complet le regardait avec satisfaction. Il vit ensuite sur le lit Angèle, dont la pâleur jointe à l'immobilité attestaient la mort.

Il eut un mouvement d'effroi.

Paul toucha doucement Mélanie à l'épaule, lui montra le marquis, et alla parler à l'oreille du docteur.

Celui-ci, qui, la montre à la main, attendait la fin de la crise, fit à tout le monde signe de sortir ; puis il dit à Victor :

— Quand elle se réveillera, il faut qu'elle ne voie que vous.

Mme Fontaines jeta un regard désolé sur Angèle, puis, honteuse, la tête basse, elle aborda le marquis :

— Monsieur, un grand malheur vient de nous frapper ; c'est un aveu pénible pour une mère !... La vie de ma fille est entre vos mains.

Mélanie se cacha le visage dans son mouchoir, et sortit.

Alors le docteur fit placer Victor de façon qu'Angèle, en se réveillant, l'aperçût en face d'elle ; puis, il dissimula sa présence derrière les rideaux du lit.

Victor, dont la pensée avait subi l'angoisse commune, concentra toute son attention sur celle dont la vie dépendait d'un regard, d'un geste, d'une parole.

La figure de la malade, d'abord cadavérique, se ranimait : des teintes rosées apparaissaient sur les joues.

Bientôt, le corps s'agita, les paupières closes vacillèrent. Les yeux s'ouvrirent graduellement.

Ceux du marquis contemplaient avec effarement Angèle, dont les premières manifestations l'inquiétaient.

En effet, le regard de la jeune fille, vague, mobile, semblait tout regarder et ne rien distinguer. Par moment, sa fixité devenait étrange ; on voyait qu'elle faisait effort pour reconquérir la faculté dont la perte ensevelissait un monde connu dans les ténèbres.

Le médecin suivait avec intérêt cette lutte ardente : lutte suprême de laquelle la raison devait sortir vivante, ou rester endormie toujours.

Angèle ne quittait plus le marquis des yeux. Tout à coup, elle se redressa, la pupille un peu dilatée, comme lorsque la lumière manque.

Alors le médecin dit vivement au marquis :

— Avancez, vous, aidez-lui ! C'est vous qu'elle cherche à se rappeler.

Victor obéit.

— Chère Angèle, me reconnaissez-vous ?

La malade tressaillit. Une légère inquiétude se peignit sur ses traits.

— Nommez-vous, continua le médecin.

— Vous ne reconnaissez pas le marquis ?

L'étonnement fit alors place à l'inquiétude.

Le marquis vit le médecin qui s'essuyait le front. Il fit signe à Victor, dont le regard l'interrogeait, que tout allait bien.

— Le marquis ? bégaya Angèle. Le marquis ? accentua-t-elle plus haut.

— Oui, répéta doucement Victor, qui, sur un signe du docteur, prit la main de la jeune fille.

Celle-ci frémit à ce contact. Elle se passa vivement sur le front sa main restée libre.

Comme ce réveil subit était décisif, le docteur fit de nouveau un signe au marquis.

— Vous êtes, chère Angèle, auprès de moi.

— Auprès de vous ? Bien, car je vous aime.

Elle sourit, puis elle ferma les yeux.

— Je suis lasse, reprit-elle sans bouger. J'ai beaucoup marché. Ah ! les chemins horribles que j'ai traversés ! Ils étaient couverts de pierres aiguës qui me blessaient les pieds. Et le soleil me brûlait la tête.

— Êtes-vous bon garde-malade ? demanda le docteur au marquis.

— Je tâcherai d'être ce qu'il faut que je sois, répondit Victor. Est-ce qu'elle est en danger ?

Le médecin gravement :

— Oui. Et, quelque pénible que soit la mission que la situation vous impose, par humanité il faut la remplir. Ma présence est inutile ici, je cours ailleurs.

Si une crise vient, vous seul avez le pouvoir de l'apaiser.

Et le docteur s'en alla pensif.

XXIV

LES RÉFLEXIONS DU MARQUIS.

Victor, resté seul, se mit à réfléchir. Les conséquences de sa folie lui parurent de nature à modifier ses prétentions. S'il épousait Aglaé, il tuait cette jeune fille. S'il voulait épouser celle-ci, il était déloyal ; et, jusqu'à présent du moins, il se sacrifiait.

N'était-ce pas une punition bien terrible que celle qui consistait à l'obliger à mentir à cette enfant pour laquelle il ne se sentait aucune inclination ?

Toutes ces légèretés lui semblaient d'un piteux effet.

Pendant qu'il se réprimandait, la nuit était venue.

L'ombre envahissait la partie retirée de la chambre.

La figure blanche de la malade se détachait sur le fond sombre.

Le silence, la nuit, apportèrent avec eux la mélancolie qui s'empara de l'esprit de Victor.

Il pensa à sa sœur morte dans un cloître, à sa mère qu'il avait désespérée.

Quelque pénible que lui fût cet aveu à confesser, il demeurait pourtant en dehors du sacrifice, et c'était bien là sa punition. Il n'aimait pas Angèle qu'il eût voulu aimer. Or, dans le mensonge où pour le moment, il était obligé de rester, les souvenirs pieux que la vue d'Angèle lui rappelait lui étaient fort douloureux.

La porte s'ouvrit ; Paul montra sa tête.

Le marquis lui fit signe de se retirer ; mais le jeune homme n'accepta pas ce congé ; il s'avança sans bruit au milieu de la chambre et, à son tour, fit signe au marquis de le suivre dans le cabinet de toilette.

Dans ce réduit de quelques mètres carrés, qui recevait le jour par une grande fenêtre sans rideaux, il faisait encore clair. Les deux jeunes gens, les deux amis purent s'envisager. Si le marquis était pâle, Paul, lui, était défait. Si l'un n'avait été qu'effleuré, l'autre avait été atteint.

— Tu aimes ta nièce à ce point ! ne put s'empêcher de dire Victor, qui, en présence de Paul, redevint lui-même.

— Je l'aime à ce point, répondit Paul, qui sentit l'épigramme. Est-elle perdue sans retour pour nous ? Car je t'avoue qu'à des yeux qui regardent sans voir, à une bouche qui sourit sans cause, je préfère une bouche immobile, des yeux fermés pour toujours !

— Je sauverai ta nièce et je partirai.

Paul cacha son visage dans ses mains.

— Tu n'exiges pas plus ?

— Je n'exige plus rien ; j'ai trop exigé.

— Je suis hors de moi. Je m'en veux, mais je ne puis épouser cette charmante enfant que je n'aime pas. N'est-ce pas assez de lui dire que je l'aime, quand cela n'est pas ?

Paul garda le silence, ce qu'il entendait le navrait.

Enfin, au bout d'un moment, il reprit :

— On n'est pas maître d'aimer qui l'on veut, mais tu n'aimes pas Aglaé ?

Le marquis ne répondit pas ; Paul, anxieux, le regarda.

— Je ne sais pas. Son esprit me plaît ; sa distinction est grande, sa main est magnifique... mais je ne l'épouserai pas ! dit résolûment Victor.

La concession était faible, mais elle soulagea Paul.

Le marquis revint s'asseoir à sa place.

Angèle n'avait pas bougé. Elle avait toujours sa pose horizontale : un des bras écartés du corps et l'autre qui pendait hors du lit.

Ses tresses défaites couvraient son cou. Quel-

Il y avait déjà six mois que la rêveuse Angèle... (page 52).

ques mèches se collaient aux tempes, tombant jusque sur les joues vivement colorées.

Elle se réveilla et demanda à boire.

Le marquis lui donna la potion préparée.

Elle prit le verre de ses deux mains, et, avant de le porter à ses lèvres, elle regarda Victor d'un air recueilli :

— Je ne vois rien ! dit-elle.

Victor alluma une bougie.

— Ma tante n'est pas venue vous chercher ?

— Elle ne viendra pas, répondit Victor d'un air assuré.

Angèle parut écouter.

— Mais si !... la voilà !... Elle est au soleil et moi je suis à l'ombre.

— Non ! s'écria le marquis en prenant les mains de la jeune fille ; regardez-moi, chère Angèle.

— Je l'entends pourtant. Restez, mettez-la à la porte.

Puis elle attira à elle le marquis.

— Je vous aime, restez !

Elle lui sourit et, posant sa tête sur l'oreiller, elle s'endormit.

XXV

LE DANGER PASSÉ.

Angèle recouvra sa raison ; mais elle ne recouvra point sa gaîté.

La crise qu'elle venait de traverser établissait une différence marquée entre le présent et le passé.

Les yeux étaient devenus étranges. Ils avaient acquis cette profondeur qui trouble parce qu'elle vient de l'âme.

Ce regard creusé indiquait qu'il y avait un sillon où naguère il y avait une surface plane.

Un mutisme sombre avait remplacé l'expansion la plus vive.

Quand le marquis l'approchait, elle baissait les yeux ou détournait la tête.

Ce changement brusque n'était pas ordinaire.

Ou l'amour était parti avec la folie ; ou l'esprit de la jeune fille, développé par cette maladie, avait saisi et compris le sens des assiduités du marquis.

Mélanie se fût réjouie de cette tranquillité, si elle l'avait crue naturelle ; si pour les autres sa fille était guérie, pour elle, elle ne l'était pas. Elle ne l'interrogeait cependant pas. Elle craignait, en évoquant un souvenir, de provoquer une crise.

Cette crainte était puérile ; on ne revient jamais sur ce que l'on a souffert.

Le croira-t-on ? Victor, qui se voyait traiter en indifférent, par la jeune fille, ressentait de cet accueil un vif dépit.

Pour vaincre cette indifférence, il s'évertuait à montrer une assiduité affectueuse.

Un jour, étant assis sur un banc qui se trouvait sous les fenêtres du salon, il entendit Paul aborder sa nièce en ces termes :

— Bonjour, ma chérie !

Le marquis se haussa sur le tronc d'un ceps et vit Angèle enfouie dans un fauteuil et saluant son oncle de la tête.

— M'aimes-tu toujours, mignonne ?

Angèle répondit :

— Oui.

— Mais à quoi penses-tu ? tu parais distraite !

— A rien.

— A rien ?

— Oui.

— Tu n'aimes donc plus Victor ?

— Non.

Il était impossible d'être plus calme, plus naturelle que ne l'était Angèle en disant *non*.

Paul, heureux, embrassa sa nièce avec une tendresse toute maternelle.

La jeune fille, sans sortir de sa torpeur, le laissa faire ; puis, au bout d'un instant, elle dit :

— Pourquoi m'embrasses-tu ?

— Parce que je t'aime.

— Ce n'est pas pour cela.

— Pourquoi, alors ? demanda Paul, qui voulait arracher quelque aveu à Angèle.

La jeune fille regarda son oncle avec cette fixité vague que la maladie laisse au regard.

— C'est... parce que je n'aime pas le marquis !

Paul ne sut que répondre.

— Il m'a sauvée ; je me souviens de son dévouement et je l'en remercie... pour ma mère.

— Pas pour toi ?

— Je m'ennuie ; la vie est triste !

La figure de Paul s'assombrit.

— Et si le marquis t'aimait ? reprit Paul éclairé par une idée subite.

— Je ne l'aime pas, dit Angèle d'une voix brève.

Victor se montra.

— Et si, moi, je vous aimais !

La jeune fille regarda le marquis d'un air à la fois craintif et curieux.

— Vous ne m'aimez pas, dit-elle sans changer de ton ni d'attitude.

Paul trouva inopportune l'intervention de Victor.

— Tu étais donc sous les fenêtres ?

— J'y étais ; j'ai entendu.

— Ta présence en ce moment est alors indiscrète...

— Elle le serait, en effet, si j'étais indifférent à ce que le hasard m'a permis d'entendre.

Angèle écouta sans sourciller cet entretien, auquel elle paraissait être étrangère.

— Mademoiselle, dit humblement Victor, je ne vous aimais pas hier ; mais je vous aime aujourd'hui.

Angèle hocha la tête :

— Non.

— Ce que vous dites me désole.

Angèle ne répondit pas.

— Adieu, mademoiselle !

La joie que le calme d'Angèle provoqua chez Paul ne permit pas à ce dernier de se rendre compte du refus de sa nièce à croire à la sincérité du marquis.

Selon nous, ce refus n'était point un symptôme consolant ; c'était une menace plutôt qu'une guérison. Il indiquait, en même temps qu'une pénétration rare, une blessure profonde portant en elle le désenchantement.

Le mal est prompt à se produire, mais il est lent à se guérir, quand il se guérit.

XXVI

L'EXPIATION.

Une scène intéressante se passait aussi dans la chambre de Renée.

Le capitaine demandait à sa protégée si elle voulait qu'il la conduisît à son père.

A cette demande, à laquelle elle ne s'attendait pas, Renée avait laissé tomber sa broderie; ses mains s'étaient jointes. Puis, regardant Jean avec reconnaissance, elle lui avait dit:

— Mon père! vous le connaissez? Vous voulez me conduire à lui?

— Oui.

Renée, la poitrine soulevée, s'était approchée du capitaine.

— Son nom?

— Tu le sauras.

— Où dois-je le revoir?

— Chez le comte du Lac.

— Partons!

— Va mettre ton chapeau.

Renée passa dans son cabinet de toilette.

Le capitaine, seul, rouvrit la lettre du comte.

Du Lac suppliait Jean de venir dans la soirée, car il se défiait de lui-même.

Le comte avait raison de se défier.

Aglaé était, pour sa force, une puissance redoutable, et elle pouvait avoir raison de son dernier effort de volonté.

Le capitaine avait à peine lu la lettre du comte, que ce dernier recevait la visite d'Aglaé.

Il leva vers sa maîtresse des yeux troubles d'effroi.

— Vous ne m'attendiez pas?

— Mais... non.

Aglaé feignit de ne point prendre garde à ce balbutiement. Elle avisa le canapé et s'y assit après s'être débarrassée de son voile.

— Que voulez-vous, reprit-elle en se jouant de l'hébétement du comte, j'étais inquiète de votre santé; il y a quelques jours que je ne vous ai pas vu.

Elle avait dit cela d'un ton calme, bien que l'accueil froid du comte vint augmenter ses anxiétés qui étaient terribles.

Du Lac regarda Aglaé, qu'il trouva bien changée. Mais ses préoccupations l'empêchèrent de demander la cause de ce changement.

— J'ai, en effet, été souffrant.

Un coup de sonnette retentit.

Du Lac tressaillit.

— Vous attendez quelqu'un?

— Oui, répondit le comte.

— Vous me ferez bien l'amitié de ne recevoir personne.

Le comte ne répondit pas. Il sortit donner des ordres à son domestique.

A son retour, il trouva Aglaé parcourant le cabinet avec beaucoup d'agitation.

— Il se passe chez vous, dit-elle, quelque chose d'extraordinaire? Je ne vous ai jamais vu ainsi.

Et, en parlant, elle s'avança vers le comte qui s'était rassis dans son fauteuil, à quelques pas seulement de son bureau.

Elle vit alors ces mots écrits sur un dossier assez volumineux :

TESTAMENT EN FAVEUR DE MA FILLE.

Ses sourcils se rapprochèrent, et, avec une promptitude étonnante, elle saisit le manuscrit qu'elle ouvrit, et lut le paragraphe suivant :

« Je lègue à ma fille tous mes biens, meubles et
« immeubles.

« Toutefois, je fais pour le revenu une réserve.

« Je donne le tiers des rentes, qui se monte à la
« somme de trente mille francs, à Mlle Aglaé
« Berton, qui réglera elle-même le mode de verse-
« ment. »

. . . .

Aglaé ne voulut plus rien voir.

Elle jeta le testament et dit :

— Je n'accepte pas votre donation... J'ai le droit de passer la première! Vous m'avez dit cela cent fois! Cette fortune, du partage de laquelle vous m'excluez, m'appartient.

J'exige à l'instant l'exécution de votre promesse.

Déchirez cet écrit, honteux pour vous, inique pour moi.

Et elle présenta le manuscrit à du Lac.

Celui-ci, bouleversé, regardait Aglaé et le testament, ne sachant s'il devait obéir ou refuser, quand le domestique vint annoncer que « les personnes » attendaient depuis vingt minutes M. le comte.

Du Lac, alors, dit à Aglaé :

— C'est votre frère!

La vieille fille, figée dans son orgueil, blessée dans son avarice, ne répondit pas.

Elle éprouvait en ce moment ce qu'on éprouve quand on voit échapper ce que l'on croyait tenir.

Et cette chose, c'était le travail de toute sa vie!

C'était la terre promise qu'elle entrevoyait et dans laquelle on lui défendait d'entrer.

Son échec, qu'elle ne crut que momentané, raviva sa haine, et voici ce que, séance tenante, elle résolut :

Puisque le capitaine refusait d'exaucer les désirs du comte si ce dernier ne renonçait point à elle, elle voulait, dernier effort, montrer à Jean qu'elle avait sur du Lac conservé un empire souverain, et faire ainsi éprouver au comte l'échec qu'il lui infligeait.

Elle courut au salon.

XXVII

Jean était soucieux et Renée tremblante.

Le capitaine avait cru bien faire, avant de dire à Renée que le comte fût son père, de laisser la jeune fille en présence de du Lac, afin d'éviter à celle-ci une impression trop vive, et à celui-là une émotion trop forte.

La porte s'ouvrit.

Du Lac parut.

Renée étouffa un cri quand elle vit que le comte rentrait seul.

Celui-ci s'arrêta et contempla Renée.

Le capitaine lui fit alors un signe qu'il comprit.

— Nous avons à causer, dit Jean à la jeune fille, retire-toi un instant dans la pièce à côté.

Renée se leva et obéit.

— Mon père n'est pas arrivé ? dit-elle bas et d'un air craintif.

— Il va venir tout à l'heure, répondit le capitaine en refermant la porte sur elle.

— Monsieur, cette charmante créature est mon enfant ?

— Cette charmante créature sera votre enfant si vous le voulez. Voici l'état civil et la déclaration du père adoptif qui établissent son identité.

Le comte prit d'une main tremblante les papiers que Jean lui offrait et les parcourut attentivement ; puis il dit avec confusion :

— Monsieur, je voudrais embrasser ma fille.

Le comte prononçait ces mots, quand Aglaé entra.

Le capitaine jeta un regard de mépris au comte, qui, entre son juge et sa maîtresse, ne sut quelle contenance tenir.

— Dites à cette femme qu'elle est de trop ici...

La bouche du comte s'ouvrit, mais elle ne livra passage à aucun son.

Aglaé se contentait de regarder le comte.

— Vous allez choisir entre cette femme et votre fille, dit le capitaine.

— Ah ! soyez généreux, dit le comte en fléchissant le genou. Cette femme est mère ; cette femme est votre sœur !...

— Cette femme, dit l'inexorable capitaine, n'est ni femme ni mère. Elle s'est tenue en dehors de tout ; elle doit rester en dehors de tout. Jamais votre fille ne connaîtra cette mère-là.

Aglaé, d'une pâleur spectrale, montrant le capitaine au comte, dit :

— Est-ce lui ou moi que vous allez chasser d'ici ?

Ce geste impérieux, cette voix éteinte agirent sur du Lac ; il allait, terrassé, obéir à l'injonction, quand la scène changea.

Renée, dont l'éclat des voix était allé jusqu'à elle, se montra.

— Aglaé, chère Aglaé, voici notre fille !...

— Notre fille ! dit Aglaé en reconnaissant Renée, ma fille ! Ah !...

Aglaé s'accosta au mur, les yeux démesurément ouverts, tenant ses deux mains sur sa poitrine qu'elle pressait.

Le comte la prit dans ses bras et essaya de la ranimer, mais en vain, elle était morte.

Cette dernière émotion l'avait tuée.

Alors il alla chercher Renée, pâle, hébétée, et, la serrant sur son cœur, il lui dit :

— Je suis ton père, et cette femme était ta mère.

Et au capitaine amèrement :

— Vous aurez raison, ma fille ne connaîtra pas sa mère.

. . . .

Grâce aux soins de Renée, le comte vécut encore quelques mois. Mais le souvenir de la mort d'Aglaé ne le quittait plus.

En embrassant sa fille, il pleurait la mère.

Tout Blois sut que Renée était la fille de du Lac, mais personne ne sut, pas même la famille Berton, que Renée était la fille d'Aglaé.

La jeune fille ne parla jamais de sa mère.

Un an après la mort du comte, Renée épousa Auguste. Il y avait déjà six mois que la rêveuse Angèle était marquise de la Houe.

Paul, lui, resta célibataire. La tendresse de sa nièce lui suffit.

FIN DE RICHE A TOUT PRIX

En vente immédiatement le troisième roman de la série ANGES ET DÉMONS :

PIERRE-LA-TEMPÊTE.